KB235429

백여덟 송이 애기메꽃

백여덟 송이 애기메꽃

초판1쇄 인쇄 2012년 3월 20일
초판1쇄 발행 2012년 4월 1일

지은이 홍성란
펴낸이 김향숙
펴낸곳 인북스
주소 경기 고양시 일산서구 대화동 성저마을 1102동 102호
전화 031) 924 7402
팩스 031) 924 7408
이메일 editorman@hanmail.net

ⓒ 홍성란, 2012
ISBN 978-89-89449-37-9 03810

* 책값은 뒤표지에 있습니다.

홍성란 시선집

백여덟 송이 애기메꽃

인북스

시인의 말

내가 변죽을 울리면
당신의 복판에 가 닿아
나와 같이 당신도 흔들리면
좋겠습니다.

2012년 봄
홍성란

차 례

1부 폭풍의 언덕

2부 분꽃 핀 옛집 흘러가고

3부 그리운 별 혹은 갈망

4부 봄이 오면 산에 들에

영역 시조

시인 홍성란론

1부

폭풍의 언덕

1부
폭풍의 언덕

가늘고 긴 기울기

왼쪽으로 치우친, 그것은 판단이었다

온몸으로 맞받아쳤을
비바람
여치의
무게

별똥별
긋고 간 금 따라
강아지풀
휘었다

십일월

멎은 듯 나는 듯 아까시 잎새 가벼이

내 갔다 오마
한 생 환히 접는 날

일 없는
환쟁이 아버지
산굽이 돌아
가셨단다

가랑잎 안부

거짓말 할 줄 모르는 이 한 날
가리고 가려

말씀 한 줄 곱게 받든 입동 하늘
금 그으며

아직은
흙 묻지 않은 어린 발이
오십니다

바람 불어 그리운 날

따끈한 찻잔 감싸쥐고 지금은 비가 와서

부르르 온기에 떨며 그대 여기 없으니

백매화 저 꽃잎 지듯 바람 불고 날이 차다

명자꽃

후회로구나
그냥 널 보내놓고는
후회로구나

명자꽃 혼자 벙글어
촉촉이 젖은 눈

다시는 오지 않을 밤
보내고는
후회로구나

긴병풀꽃

다 사랑하겠노라
삭이고 다지던 사이

긴병풀꽃 홀로 익어 꽃받침 놓아버리고

늦은 손
가만 얹으며
귀엣말을 하는
봄

어리석은 봄

행복하게 살자
여기에서 사는 동안

산이
울면
메아리가 응하듯

산수유
가지런히 꽃피운
오르막이
좋으니

이제 와서

이제 와서
알게 된 건
변하지 않는 건 없다는 것

변하지 않는 건 없다는 것만이 변하지 않는다는 것

거짓말
사랑한다는 그 불쌍한
거짓말

개나리
 —여의도 의사당 부근

나리 나리 어디 숨었소, 황사 몹시 쳐들어오는데
풍진 세상 찬양하시는 흰 지팡이에게 묻습니다

개!
나리,
다들 어디 가시었소, 탱탱 빈 모자 눌러 쓰고.

어리연꽃

죽은 피
썩은 살
모여 사는
이
연못

아수라에
뿌리박고
꽃은
왜
못 피우리

저토록 찢긴 옷자락
그림자도
하얗다

우포의 시

다 알고 있다는 듯
노랑부리저어새 꿈쩍 않고

박차 오르는 청둥오리
선사先史의 저 날갯짓

아는 게
물방울만 하다는 것
알고 가는
길이 맑다

여문 꽃

꽃 피우지 못해 웃자라 온 어제

살구나무 가지 치듯 환히 나를 버린다

여문 꽃
내일은 맺으리라
깊이 우려낸
어제

국도 17번

따라나서던 강아지처럼
배롱나무 꽃분홍
싱눈 뜬 하늘 붙잡아
꼬깃꼬깃 흔들고

빗줄기
쓸어 날리며 나는 간다, 지친 날을

쉬고 싶은 가을볕

몇 번은 붙잡힌 듯
바스라진
날개를

바윗돌 된장잠자리
쉬고 싶은
가을볕

안경 눈
가끔 굴리는
등허리가
따습다

물시계

외로우니까 집을 짓고 외로우니까 꿈을 꾼다

꿈 깨어 그리움의 집에 사람을 가둔다

하나도,
억울할 것 없는 물시계 가고 있다

집

우리 죽을 때까지 만나자 했다 해도

우리 다시는
만나지 않을 수도 있단다

엇갈려 갈 데로 가는 행인처럼 말이지

그 말은
그만큼
내가 네 가슴복판에

지워지지 않는 상처가 되고 싶단 말이지

약속은
허물기 위해 짓는 집
가끔은
그렇지

따뜻한 상징

견딜 수 있을 만치 조금은 나이 들어
견디어 가는 날이 우습구나 조금은

불 지른 겨울 삭정이
맺힌 말이
타닥,
튄다

아무렇지도 않게 가는 날이 서러워
알면서 또 그냥 보내는 날이 가엾어

말씨들
꽃처럼 돌아온 저녁
바람 먹고
훅,
큰다

매봉 너름새

아버지 너름새도 저만은 하였으리
산들바람에 조록싸리 분홍 꽃가지 흔들리듯
꼿꼿한 등허리 어깨 앞서가며 흘깃 본다

흘깃 보며 투정하며 따라붙던 일곱 살
참외 깎다 문득 받아주실 손이 없어
품어가 반길 이 없는 조홍시가早紅柿歌 우련 붉고

저녁 햇살 시리다 색안경 모자 내려쓴
나이만 한 내 능선 발길 헛갈려 놓는데
아버지 그 너름새로 멧비둘기 너훌 가네

판막

내 안의 시퍼런 심장판막을 보았다
숨 꾹 죽이고 있어도 가느다란 두 팔을
올렸다 내렸다 하면서 펄떡펄떡 뛰었다

어미 떨어져 혼자 노는 살림집 강아지나
몸집에게 버림받은 애처로운 내 판막이나
가만히 들여다보니 눈물인 건 한 가지

발자국 소리 나면 미끄러져라 달려 나와
이토록 외로웠다고 몸서리치며 핥을 데 없는
내 마음 건지고 싶은 슬픔이 마알갛게 맺혔다

거만한 계집종

여기 풀밭에선 누구도 돋보이지 않아

깔아뭉갤 수 없는 애틋한 숨결이다
깨물어 죽일 수도 없는 가늘디가는

후롱초*

살빛은 희디희어 구겨버릴 수 없는 시마詩魔**
시마, 이 풀밭에선 아무도 돋보이지 않아

연둣빛 포승에 묶인
거만한 계집종

잘 보이지 않아도 잘 들리지 않아도
언덕엔 흙이 쌓이고 물은 고여 우물이 깊다

세상은 말없이 흐르다 검지 높이 올린다

* 후롱초: 봄맞이꽃의 다른 이름. 실낱같이 가늘고 긴 줄기 끝에 깨
알보다 작은 다섯 장의 흰 꽃잎을 단 꽃들이 대여섯 송이씩 무리 지
어 낮게 핀다.
** 시마: 이규보의 「구시마문驅詩魔文」에서.

노간주나무 울타리집

부엌등 낮은 천장 노간주나무 울타리집
혼자 드실 만치 된장찌개 끓고 있네요
아버지 희부연 사진이나 지팡이 삼아 붙들고

하도 고개 숙이고 허리 하도 굽혀서
옛 시처럼 흰머리 날리며 사립문 기대어 선
굽은 등
다시 펴기엔
세월 너무 흘렀습니다

뭐 먹을 게 있다고 파리 모기 왱왱거리고
직직거리는 세간도 같이 늙는 친구라서
엄마는 안 아프다고 심심하지
않다고

신광동 옛집

늦둥이 둘째 아들 벙어리가 안쓰러워
늙은 아비 술 취해 사는 기계방아 고추집엔
아낙들 회푸대 깔고 고추꼭지 땄었지

배우처럼 하얀 언니 비밀처럼 드나들던
무허가 루핑집 건너 관사집 높은 담장엔
가시철 깨어진 병 조각 촘촘히 박혀 있었지

수돗물 받아다 먹던 수돗집 개 밥그릇에
참기름 바른 김밥이 군침을 돌게 하던
데려다 기른다는 딸 지혜네서 버린 밥

C레이션 박스 쌓인 기와집 넓은 대청마루
원식이랑 경화는 손전화 몇 번 바꿨을까
그 옛집
지도에도 없는 마을 멀리 환하다

쓸쓸한 시간, 소서노*
—백제왕조실록

그래, 우리 누구도 뜻 모를 심연에서 나
뜻 모를 심연으로 사라지는 거라 하지만
그 사이 빛나는 시간이 우리 흔적이라 하지만

빛나는 시간도 때로 먹물로 번져오는 것
날 세워 아내를 버리고 아들을 버린 주몽처럼
모랫길 대방 옛 땅으로 쓸려 쓸려 간 아낙

졸본땅 떠난 물결 물결이 계루부 슬픔이라면
너와 나는 모른다 온조의 모후가 누구인지
왕이여, 어미를 베고 맏형을 지운 왕이여

가령, 너와 내가 한이라 일러 말할 때
머리 풀어 투구 쓰고 쩔렁이는 갑옷 떨쳐입은
소서노, 베인 살에 박힌 살촉이라 말할 때

오오, 지아비에게 버림받은 어둠이리
품어 안을 수 없는 어미의 눈물이리

장검에 가라말 갈기 흩날려 호령하던 모후여

* 소서노: 계루부 족장의 과부 딸 소서노는 비류와 온조의 어머니로, 동부여에서 피신해 온 주몽과 재혼한다. 졸본부여 왕이 죽자, 계루부 세력에 힘입어 왕이 된 주몽은 고구려를 세우지만 동부여에서 예씨와 낳은 유리를 태자로 삼는다. 주몽의 배반으로 망명한 소서노는 졸본땅을 회복하기 위해 온조를 시켜 마한에 터를 잡게 한다. 세력을 확장한 온조가 모후와 비류를 받아들이지 않자 남장을 한 소서노가 부하를 이끌고 쳐들어가나 전사한다.

아라리잡가

양잿물 독한 거는요 빨래나 펄펄 씻지요 시어메 독한
거는요 생사람 때려잡네요 이구구 지구구 흐응 쌍성화
雙成禍로구나 흥

시아베 돌아가시니 사랑이 널러 좋더니 장석자리 다
떨어지니 시아베 생각나네요 어리화 됴쿠나 흐응 장관
壯觀이 낫느냐 흥

시어메 죽구 없으니 안방이 널러 좋더니 보리방아 물
주고 나니 시어메 생각 절로 나네 어리화 됴쿠나 흐응
경스가 낫구나 흥

앞남산 딱따구리는 생나무 구영두 잘 파는데 우리 집
멍텅구리는 뚫어진 구영두 왜 못 파나 이구구 지구구 흐
응 성화가 네로다 흥

사발그릇 깨어지면 두세 쪽이 나건마는 원앙금실 깨
어지면 새 덩어리가 된다네 어리화 됴쿠나 흐응 지화

자知和者 됴쿠나 홍

　봄바람 솔솔 불어와 쌓인 눈을 녹이고 개천가 버들가
지는 새봄을 재촉하는데 어리화 됴쿠나 흐응 지화자 돌
씨구 홍

　무정한 기차야 흐응 잡을 수 없으니 홍 반백을 살아
홍청 틀어진 거푸집 아! 물리고 싶어라 물리고 다시나
가자 휘영청

　* 「아라리잡가」는 「정선아라리」와 애국계몽기 시조 가운데 홍타
령조를 패러디함.

폭풍의 언덕

봄비 한번 제대로 오니 온 산 휘두르는 봄꽃 봄꽃들
그 꽃 그늘에 가린 진달래도 살살 타되,
꽃송이 몇 대 못 올리는 건 너나 나나 한 가지

한 섬 눈물 흘리며 황사 지나는 사이
거품 문 생각들 죽어 떠내려가는 사이
창밖엔 봄을 몰고 가는 하얀 바람 보이고

얼마나 많은 꽃들 이 별에선 피고 지는지
얼마나 많은 일들 벌어지는지 알 수 없으니
그렇지, 그럴 수도 있겠지…… 못 참거나, 부끄럽거나

두려운 건 아무렇게나 덜걱대는 심장이어서
미안한 건 하다 만 연애나 읽지 않은 책들일까
잘 익은 포도주처럼 깊어 가는 내 저녁

벌레 하나

한 쌍 방아깨비의 생生에 끼어든 건 잘못이었다

허물 고이 벗고 간 짝을 붙들고는 네 따위 참견쯤이야
동동 뜨는 슬픔이라고

손가락 갖다 대어도 꼼짝 않는 연화좌蓮華坐

지금 어디 닿아 풀빛 날개 짓느냐 어디에 천추千秋의
몸 내려서야 하느냐

여기는 날개 옷 가득한 나락이거나 우물 속

파라락, 굽혔다 튀듯 자꾸 벗는 날벌레처럼 백일홍 환
한 꽃밭에 앉아 벌레 하나 날아간다

일색변조—一色邊調

신라 때 순정공이 강릉 태수로 부임할 때 얘기여

부인 수로하고 바닷가에서 도시락을 까먹게 됐는데
아, 수로부인 천길 벼랑 철쭉 보고 이쁘다 갖고 싶다 그
러는 거라 어느 놈도 모다 쩔쩔매고만 있을 때 소 끌고
가던 허연 노인네 하, 수로가 참 이쁘단 말야 그래 그 앞
에 가설랑 꽃을 꼭 갖고 싶으냐 물었지 그래 그렇다니
달달 떨던 노인네 손바닥에 침을 탁, 뱉어 가지고 썩썩
비비더니 피가 나거라 벼랑을 기어 그여 꽃을 꺾어다
노래까지 얹어 바쳤더라니

방울만 두 개 있다고 다 남자 아녀 남자란 모름지기
여자를 기쁘게 할 줄 알아야 한다 이거여

*「일색변」은 설악무산 큰스님의 시조이며, 스님 목소리의 이 사설
은「헌화가」의 패러디.

금낭화

　양재역 개찰구를 나온 꼬부랑 할매 둘이 천길 계단 올려다보며 입을 떡 벌리고 있다

　이쪽으로 가시면 엘리베이터 있이요 오른쪽 가리키고는 총총걸음에 올라와 보니 양산 곱게 쓰신 두 할매가 비탈길을 내려간다 이제 가시네요 아이구 또 만났네 젊은이 복 받을껴 암만 암만

　금낭화 염치없이 살짝 주머니를 열었다

여태 여구

무산 스님 미국 가서 넥타이 풀고 관광 안내할 때 얘기여

백두산 한라산 지리산 오대산 설악산 속리산 내장산 주왕산 호호백발 절간마다 외진 자락 언덕에는 아침에 혼자 힘쓴 일 저녁때 텀벙 빠진다는 해우소가 있으니, 금발의 제니 은밀히 혼자 근심 풀자던 그때 그 순간, 고개 숙이니 천길 나락 까마득 밑 빠진 아귀지옥 기겁하여 뛰쳐나올 때, 벽력같은 악! 소리가 봉우리 봉우리 모다 깨우니 꽃이란 꽃들 다 튀어나와 산골짝이 꽃천지라 여태 여구 꽃천지라

가을엔 그 꽃 보려고 또 오백 명이 온대나!

유똥 치마

아랫도리 벗고 살던 그런 시절 있었어

분홍 꽃무늬 유똥 치마 그 치마폭 열고 나온 의기양양
한 배불뚝이, 길게 누운 흙마당 오뉴월 백구 가리키너
옹알이처럼 말을 걸던 그런 시절 있었어

엉덩이 찰싹 붙이던 울엄마 못 버린 사진 있었어

반칙

—고금소총古今笑叢

옛날, 우직한 현자賢者가
백 번, 샘가를 돌았다는데

　고을 원님 심술이 나서 고을 사람 누구라도 그 비구니
자빠뜨리면 재산의 반을 준다 해서는, 못생긴 떠꺼머리
암거사님 거처하시는 얌전한 암자 찾아가 늙은 어미 병
깊은데 스님 거기 그 둘레만 제 물건 빙빙 둘레만 빙빙
백 번을 빙빙 돌고 나서는 그 물건 어미가 만지면 낫는
다 씻은 듯이 낫는다 여쭈니 그렇다면 돌기만 하라니
　칠십에 팔십을 돌다가 빙빙 샘으로 퐁당 빠져버리니
반칙이라니 발칙하다니 비구니 발끈 호통을 쳐서는, 얼
른 나와 다시 또 빙빙 샘가를 빙빙 돌다가 그만 넘치는
샘물에 풍덩 빠져 넘실 우줄우줄 넘실 우줄우줄 해서는
그만

　동굴을 빠져나가는 소리 안, 돼요 돼요 돼요 돼요……

개울 건너

타워팰리스 개울 건너 포이동 266번지

　개울 건너 큰 집 아이 미운 미행 따돌리고 차양 파란 비닐 집 뒷문으로 숨어드는데, 넌마주이 아버지 잔소리 해줄 엄마도 가고 개울 건너 순애는 다들 가는 피아노학원 달나라만큼 가고 싶어, 철거네 개발이네 미닫이창 흔들던 날에 얼어터지고 빙판 지고 포장마차 헐리던 날에 노모처럼 나앉은 노숙자 종국 씨는 경신년 새아침이 섧고도 서러워 참이슬만 비우다 세상마저 비웠다는데, 개울 건너 배부른 푸들 웬 '아기'를 가졌다니 수의사 가방 들고 왕진 다녀갈밖에

　행길가 옹그려 떠는 강아지의 젖은 눈

봄을 찾습니다

어제 폭설은 아주 잘한 일이야

아닌 게 아니라 흙먼지 날리던 산길도 축축해 열아홉
젖가슴 도도록한 산밭에 꺼멓게 삭은 고구마줄기 허리
굽혀 당겨도 보고

아닌 게 아니라 산초 냄새 안다는 두어 마리 까치가
울어 털지 않은 들깨 몇 자루 마른 가지 흔들어대고, 쭉
정이 밤 버리지 못해 끌어안은 밤송이 껍질 할머니 낡
은 광주리 같아 허리 꺾인 아주까리 몇 대 여문 씨앗 물
고 있는데

아닌 게 아니라 솔방울 옹송그리고 자치기하는 검불
숲 파랗게 질린 돌나물이 소맷부리 잡을 때, 독구리산
오목눈이 눈물만 한 햇살들 어룽이다 미끄러져 엉덩방
아 찧을 그때

개야, 개야 버려진 개야 눈밭에 몰래 놓친 개야 꼬리
사리고 곁눈질해가며 캉캉 짖는 때 묻은 개야 야윈 턱
홀쭉한 배로 캉캉 캉 짖는 개야 네 울음 꽝꽝 잔설이 희
끗 아까시나무 사이로 꽝꽝 언제 오냐고 어디 있냐고

목이 타는 버려진 개야

그 울음, 봄을 찾아서 어디만큼 갔느냐

2부

분꽃 핀 옛집 흘러가고

애기메꽃

한때 세상은
날 위해 도는 줄 알았지

날 위해 돌돌 감아오르는 줄 알았지

들길에
쪼그려 앉은 분홍치마 계집애

한살이

우리
떨어지자
굴참나무 열매처럼

굴참나무 열매처럼
한 번 굴러
떨어져

이듬해
오종종하니
살림 다시
차리게

탕

머리 가슴 배 나비도 똥을 누는데

머리 가슴 배 무엇을 담아두려 해

다 벗고
오른발 먼저 탕湯을 나온 이 순간

쌍계사 가는 길

날
두고
만장일치의 봄 와버렸네

풍진風疹처럼 벌 떼처럼 허락도 없이 왔다 가네

꽃 지네
바람 불면 속수무책 데인 가슴 밟고 가네

분꽃 핀 옛집 흘러가고

머물고 싶은 데 있던
그런 때가 있었어

아무렇지 않게 분꽃 핀 옛집 내려다보고

나는 또
아무렇지 않게 흘러가고 있잖아

소림명월도_{疏林明月圖}

— 김홍도의 달

물오른 젖가슴
달은 옷을 입지 않아

자작나무 가지 위에 걸터앉은 저 여인

엉덩이 둥두렷 밝으니
나도 불끈 솟아라

복수초

꽃철 질러온 게 죄라면 죄이리

눈밭 자리 본 데 그대 아니 계시니

눈부처
환히 피우실 그대 아니 오시니

고슴도치

다 사랑할 거야
다 사랑해 줄 거야

자꾸 결심하는 너는 오늘 괴로웠구나

가슴에 가시 박힌다 해도
널 포옹해 줄 거야

아욱꽃, 아침 탱화

목살 맑은 달팽이
숨을 데 있어 좋겠다

이슬 걷힌 아욱 잎새 여린 살이 가는 집

내 등엔
천왕문 세운 분홍 무덤 달고 싶다

가을 숲길 따라가며
　─구룡산 시편

꽃 지듯 물든 잎 지는 가을 숲길 따라가며 아니야, 아
니야 고개 저어보았지만 애마의 목 잘라버린 유신庾信
의 마음 알게 되고

알게 되고, 내게 비루먹은 조랑말이라도 있다면 채찍
내리치며 달려가고 싶어라 붉은 피 뚝 뚝 흘리는 그 목
받쳐 들고,

사금砂金

입을 막고 울었다 소리 나지 말라 울었다
저녁 햇빛 쓸쓸해 커튼을 내리고
사람은
때로 혼자서 울 줄 아는 짐승

책갈피 씀바귀 꽃 곱게도 말랐는데
소리 나지 말라 해도 소리 나는 울음 있어
모래 손
흩어버리면 사금처럼 남는 별

들키고 싶은데 아무도 돌아보지 않는
바보들아, 바보들아 우리 버려진 등성이
가을은
참을성 있게 가을물 또 보낸다

산수유꽃

지리산 산동 마을 산수유꽃 천지 보면

울엄마 열일곱 적 울아버지 열여덟 적

살짝이
얼음 풀린 냇가 소풍 온 게 보입니다

부끄런 꽃그늘 아래 가만가만 돌아다니는

깜장 치마 하얀 저고리 아직 따뜻한 무명바지

괜스레
물방울이나 튕기는 풋사랑이 보입니다

죽은 시인을 위한 파반느

나하고 연애나 했으면 좋겠다던 네 웃음
훔쳐간 게 무언지 아직 모르겠는데
네 눈에 고이던 눈물
알지 못한 끝인사

나누지 못할 아픔 네게 있었나 보다
비바람에 웬만큼 몸 섞었을 네 얼굴
왜 가끔 떠오르게 하느냐 싱겁게도
시리게도

볼 수 없기에 보고 싶다 하는 것처럼
할 수 없기에 못다 한 슬픔은 남아
갠 하늘
싸리비질 구름처럼 바람처럼
지나간다

너를 만나고

내가 낸 빈틈으로 바람 숭숭 들어오니
얼마나 쌓였을까 쓸쓸하던 저녁들
일어나 기댈 데 없이 허전하던 아침들

메운 듯하면 또 벌어진 틈 보이고
커져만 가는 틈으로 모지라지는 나의 키
작아서
작아서 서러운 울음 울어 나를 씻네

차를 달려 몇 마디 안부 주고받은 일밖엔
달라진 게 없는데 나 그대로인데

내 안의 무엇이 움직였나
훈훈한 바람 부니

가벼운 산

세상에
와
가지 못한 길 많은 것처럼
스치지 못한 옷깃 얼마나 많은가
뒷모습 내리막으로 끌고 가는 저 아낙

세상에
와
듣지 못한 목소리 많은 것처럼
전하지 못한 인사 얼마나 많은가
따뜻이 밥 지어 올릴 아버지도 가시고

이름 몰라 부르지 못한
새여
용서하라
유다른 만남 아니냐 오늘 이 가벼운 산

미안해
가엾는 마음 야호처럼 외칠까

따뜻한 흔적

지우개 없어도 사람은 상처를 지우지

버릴 데 없는 가루들 밀쳐둔 마음 곳간

바람이 떨궈낸 잎새처럼 따뜻하게 익어가지

내 부르지 않아도 창밖에 와 우는 새여

네 작은 발가락 희미한 목소리 아파

이따금 가려운 흔적 따뜻하게 긁어주지

두 갈래 오솔길

하얗게 바래어 간
여름 바다 소라껍질

빈집에 앉아 파도소리 지키고 있구나

아직도
그려야 할 그림 네겐 남아 있는지

우리 꽃 꺾고
바람길 바꾸는 사람들이

새털구름 풍뎅이에게 묻고 싶은 말이 있어

두 갈래
오솔길 위에 가랑잎이 쌓이네

가을 시편詩篇

사랑도 몸 무거우면 이별을 낳으리니

이별도 길이 멀면 그리움을 낳으리 그리움 깊어지면
눈물에 뭉개지리 뭉개져 시고 떫은 미움을 낳고 원망을
낳고 낳아서는 애인 떨어져나가듯 사랑도 새 물감이 드
니,

콧날이 문드러져도 원수같이 붉은 사랑!

그대 안락의자

마음 기대려면 토란잎처럼 굴려 보내고
뻣뻣해서 발통으로 내빼버리는 고얀 놈이지?
잘 하면 그대 몸뚱이 튕겨 나올 것 같지?

고정 핀을 풀고 레버 확 당겨 봐
나 알고 보면 괜찮은 놈이야 잘 다뤄 봐
밀어봐 몸 뒤로 젖혀봐 깊숙이 앉아 봐

부디 날 길들여 봐 그대 안락의자 되고 싶어
계산에서 활자에서 관계의 그물에서 벗어나
스르르 그대 잠에 들도록 안아주고 싶다니까

붉은 갈기 날리며

벅차오는 건 떠오르는 태양만이 아니다
누구라도 문득 만나는 그런 일몰日沒 아닌 것
오늘은 눈짓하는 대로 너의 길 따라간다

붉은 갈기 휘날리는 수사자 근육질
나 모르게 끓는 소리 함께 바닷길 펼치고
종장終章은 가슴 쓰리게 그려야 하는 것

해서 나는 이제 아픈 꽃 피울 차례
열매 맺을 차례라 나는 내게 가르치고
네가 준 은반지처럼 내일이 올 것 같다

긴 편지

마음에 달린 병 착한 몸이 대신 앓아

뒤척이는 새벽 나는 많이 괴로웠구나

마흔셋
알아내지 못한
내 기호는 무엇일까

생의 칠할은 험한 데 택하여 에돌아가는 몸

눈물이 따라가며 괜찮아, 괜찮아 하지만

마음은
긴 편지를 쓰고 전하지 못한다

편지
―구룡산 시편

가을 산 앞에 서서 그대를 생각했습니다
빙그르 돌며 떨어지는 붉은 잎이 뭐라 해도
말없이 그대 뒤를 따라 낙엽길 걷고 싶었습니다

산까치는 높은 가지에서 짝을 부르고
애벌레는 떼그르 껍질 굴려 숨지만
샛노란 가랑잎에 올려 바위 섶에 넣었습니다

마른 잎 빗소리 내는 산허리 혼자 밟으며
그대가 젖은 내 마음 가만히 떠올려
양지쪽 마른자리에 뉘었으면 생각했습니다

무구장

―구룡산 시편

젖몸살 난 애기엄마 젖가슴만 한 둘레 보면
눅눅한 십일월 저녁 고뿔 들까 안쓰러워
갓난애 무덤일 거야 혼자 늙는 갓난애

쌀베개 누운 발치엔 눈물 파란 열매 달고
또래별 총총 까마중 흰 꽃 피었으니
키 작은 떡갈나무 잎새 눈두덩도 붉어라

풀물 든 울음소리 나지막이 들릴 듯해
가슴 한쪽 도려내어 묻고 가신 옷자락
산중에 샛길이 열려 전설 하나 내려온다

별빛 밝던 그 시대는

어둠으로 꽉 찬 어둠 가운데 서고 싶다
시간에 빛을 섞어 희멀건 마천루 사람들
박각시 날갯짓 따돌려 외등 멀리 가고 싶다

당산나무 지나 검정고무신 같은 주포리*
바람 밀고 가는 반공중의 수리여
속마음 쓸어내리며 몸 달래지 않으련다

겨울 가지 성깃한 별빛 별빛은
옹이 많은 나무의 편년체 서사
아버지 목소리 웃고 하얀 걸음 다가온다

어둠 짙어 가야만 하는 길 훤히 보이게
밤은 어두워져야 하리 어둠으로 꽉 차야 하리
없는 듯 작은 별빛도 의미 있는 대답이다

*강원도 원주시 귀래면 주포리.

목이 긴 향기는 혼자

또, 강 건너 바라보는
한 사람 있었습니다
재첩 껍질 화석이 된 망초꽃 핀 둑방에서
눈망울
슬픈 사슴처럼 미어지는 가슴 있었습니다

갈대숲 흰 언저리
모래밭은 달려가고
오다가다 빈 배만 꿈길에도 졸고 있어
목이 긴
향기는 혼자 지워지고 있었습니다

오다가다 뱃머리에
오다가다 들꽃 다 지고
늙은 물길 열고 가는 노 젓는 이 보일 때쯤
그 사람
가고 없습니다, 그게 인생이니까

세월 혹은 바람결

알겠다, 세상 환한 이유 안경을 써보니 알겠다

봄날 왕벚꽃 뭉게뭉게 흐드러진 이유 알겠다 사랑을
해보니 사랑하는 이유 알겠다 흐드러져 축 늘어진 꽃
그늘 어깨 빠지게 무거워 썩은 이 뽑아버리듯 술술 놓
아버리는 이유 알겠다, 알겠다 바람이 옷자락을 스치니
생이 지치도록 가벼운 이유 알겠다

등짐을 꾸렸다 푸는 저 내리막 또 오르막

천남성은 피어

반그늘 눅눅한 땅 색깔도 없는 천남성은 피어

텅 빈 사랑을 아느냐 혼자 하는 사랑을 아느냐 찻잔을
비우고 스쳐 지나는 자동차 늦은 불빛 보내고 와인글라
스 유리창에 부딪는 소리 너와 나 딴 몸이라 쓸쓸하다,
쓸쓸하다 중얼거리는 마음 아느냐

저 혼자 슬프지 않은 사랑 네가 아느냐

따뜻한 슬픔

너를 사랑하고
사랑하는 법을 배웠다

차마, 사랑은 여윈 네 얼굴 바라보다 일어서는 것 묻고 싶은 맘 접어두는 것 말 못하고 돌아서는 것
하필, 동짓밤 빈 가지 사이 어둠별에서 손톱달에서 가슴 저리게 너를 보는 것
문득, 삿갓등 아래 함박눈 오는 밤 창문 활짝 열고 서서 그립다 네가 그립다 눈에게만 고하는 것
끝내, 사랑한다는 말 따윈 끝끝내 참아내는 것

숫눈길
따뜻한 슬픔이
딛고 오던
그 저녁

섬진강 환상곡

섬진강 물길 따라 강이 되고 싶었네

빗방울 툭 툭 밀쳐내는 들깻잎 길따라 난 길 속으로
들어가고 싶었네, 누천년 강바닥 어룽어룽 돌운 애기
모래톱에 신발 두고 물길로 간 그 여자 영혼 어디 닿았
는지 숨구멍에 갯벌레 너풀대던 이야기 다들 어디 갔는
지 혼자 온 햇살 두런두런 강물 뒤적거렸네 물굽이 너
울너울 젖은 몸을 만졌네
　재첩 푸는 목선들 재첩 껍질 둑방 아래 은어 누치 은
빛 속살 표창처럼 던졌네, 목장갑 물고 나온 참게랑 가
재랑 전라도 총각 소쿠리째 강물처럼 채워주고 갯흙 묻
은 허연 종아리 문지르고 나왔네 마음 두고 나왔네

　섬진강 깊은 숨소리 바람 재워 듣는다

11월의 붓자국

산본에서 양재 가는 길, 엉킨 젖빛 구름은 눈물이었습
니다

은빛 갑에 든 자주색 파카만년필 분홍지우개 달린 노
란 미제 연필 연서봉이라 쓴 문화당 붓 채색필이라 쓴
대성당 붓 코흘리개 적부터 갈아본 귀퉁이 떨어진 벼루
『강희옥편 겸 서도자전』 은장식 넣은 까만 주머니칼 야
마하 하모니카 이제는 기름 말라 불붙지 않는 지포 라
이터…… 많은 유산 중에 막내딸 몫이 된 아버지의 참
많은 흔적들
　가죽가방에 붓 몇 자루 낡은 화집 전 재산이던 경도
제일 미술학교 미술학도는 무슨 노래인지 한잔 술 거나
해지면 두 손으로 하모니카 감싸 쥐고 기우뚱 기우뚱
손금 따라 소리 따라 앉은 채 흥을 내셨습니다 눈 어두
운 화가는 삼각지에서 사온 그림 새 집에 걸라며 주셨
지만 아버지 그림 아니라며 아, 나는 싫다 했지요 일흔
여섯 아버지 마지막 선물 울음 맺혀 못이 된 가슴에 걸
었습니다

하늘에 아버지 거친 붓자국 유화 한 점 걸었습니다

조세잡가 租稅雜歌

'일신一身이 사자ᄒᆞ니 물것 계워 못 살니로다'

가랑니 같은 면허세 등록세 수퉁니 같은 취득세 교통세 티코에도 자동차세 갓 깬 이 같은 주민세 재산세, 잔 벼룩 굵은 벼룩 양도세 증여세 상속세 끊지 못해 담배소비세 유리지갑에 갑근세, 쥐 씨알만 한 원고료에 에누리 없는 소득세 빈대 붙듯 달라붙는 인지세 부가세 특소세 투성이, 투성이 세금투성이로다―, 각다귀 사마귀 등에 아비 철썩 붙은 전화세 주세 뭔 거래세? 흰 바퀴 누런 바퀴 바구미 거저리 살찐 모기 야윈 모기 모질도다, 모질도다 밤낮으로 빈틈없이 물거니 쏘거니 빨거니 뜯거니 "이내 몸은 깽비리 사자 ᄒᆞ니 어려워라" 관세 탈세 면세 과세 허세 실세 내세 마세 노세 먹세 속세 만세!

그중에 차마 못 견딜 건 물고 튄 놈, 나밖에 모른다던 놈 간 벼룩 님 벼룩 아니신가

벙어리 울음강

사람이 어쩌면 이렇게 슬퍼할 줄 안단 말이냐

팔 벌려 환히 웃던 내 마지막 아버지 다시 못 올 먼 길
떠나시고 울음은 죄이라 울음은 죄이라서 베인 살 파고
드는 소금강 흐른다 입동 무렵 저녁 강 벙어리 울음강
붉게 흘려보낸다 살아생전 효도하라 누가 먼저 말했느
냐 누가 말해 버렸느냐 옛사람 그 말 할 줄 몰랐다면 뼛
속까지 저리진 않으리 사진 속 아버지 끌어낼 수 있다
면 마흔넷 아버지 마음 외톨이 배고픈 아이는 헤아릴
수 있으리

석류빛 큰키나무 속으로 춥다 춥다 하며 가는 실루엣,
너 무슨 새라 했느냐

힘줄
―그리운 아버지께

가슴 단추 여미게 하는 세찬 바람 부는 날

아버지, 나무가 자라는 게 아니라 산이 자란다는 걸
산에 와서 알았어요 산이 나무를 지키는 게 아니라 어
버이나무 산을 지킨다는 걸 산길 가며 알았어요
매운 손 어버이뿌리 걸음마 놓는 대로 어린 산은 꽃
뱀 같은 산허리 길을 내고 뾰족한 성깔 깎아내고 메마
른 뺨 어버이뿌리 흙모래 마음 바윗돌 마음 단단히도
붙잡아 벼랑 아래 구르지 않고 센바람에 흔들리지 않고
나이 들어왔다는 걸 나는 이제 알았어요 뭇새들 감싸는
가지 어버이 벌린 두 팔 못나게도 닮아왔다는 걸 이제
나는 알았어요

불거진 아버지 심줄 같아 늙은 뿌리 밟지 못해요

플라타너스

　나무는 제 뜻으로 무거운 잎새 달았을까 기둥줄기 약
한 잎가지 바람에 흔들리네 이리 쿵, 저리 쿵 하며 바람
벽에 받히네

　마음속 내 한 짐 누가 얹은 무게일까 마른하늘 구름
가고 흙모래 밀어 올리니 어깨도 뻐근하여라 그리움이
또 한 짐

　가을이면 가리라, 가리라 매운 열매 달리라
　짐 벗어 비탈에 떨치고 나를 찾아 가리라, 가리라 멍
든 꿈하늘 술술 버리고 빈 몸으로 가리라, 가리라 내 한
생 잃어버린 오르가슴에 푸르르 떨며 울리고 웃기던 소
꿉 와지끈 밟아버리고 쓸쓸한 배고픈 어린 미운 알몸으
로 나를 찾아가리라
　가서는 다시 아니 오리라, 혹독한 겨울과 눈 맞추리라

과하마, 반어피*

동예는 토지 비옥하고 해산물 넘실 넘쳐난다니,

뒷태 고운 아낙네는 누에 치고 삼베 짜고 고기잡이 남
정네는 밭일하고 논일하고 10월에는 무천이라 떡 찌고
술 빚어 하늘 향한 노랫소리 골골 방방 귀틀집 지붕 건
너 갔다는데, 특산물로 가는 구절句節 단궁이란 활이 좋
고 과하마, 반어피 그 명성 외방으로 자자했다 하는데,

과하마 반어피라, 과하마 반어피라―, 이웃나라 어린
주몽 3척 단구 말을 타고 능금나무 꽃그늘 타박타박 지
날 적에 그 말 불러 과하마라 했거니―, 반어피, 반어피
는 무엇인고?

무거운 봄비
방울 하나 머리에 이고
할 말 있다, 할 말 있다 훌쩍이는 풀꽃
나는 왜 귀 멀고 눈먼 사람마냥 스쳐왔나

이제 와 과하마, 반어피가 알고 싶은
아, 어리석어 따뜻했던 지난날이여

내 품에 안기지 못해 함부로 진 꽃들이여

머언 먼 나의 꽃
허공 중에 떠돌다가
동지冬至밤 머리맡에 씻은 별로 못 박혀
하얗게 눈썹도 센 채 얕은 잠을 흔드네

*『삼국지(三國志)』「위지 동이전(魏志 東夷傳)」의 동예에 대한 기
록을 보면 과하마와 반어피가 무엇인지 짐작할 수 있다. 과하마
는 조랑말과 같은 작은 말이고, 반어피는 물표범가죽쯤 될 것이다.
(十月節祭天 晝夜飮酒歌舞 名之爲舞天 檀弓出其地 其海出班魚皮
土地饒文豹 又出果下馬漢桓時獻之)

또드락 딱딱

누군들 속잎 같은 인연이고 싶지 않겠나

수많은 갈잎 중에 신갈나무 마른 잎새 하필何必 이 한 잎에 이끌려 오래 같이 걷는다 손장단 맞춘다 어느 먼 옛적 애틋한 이별이었을까 몇 군데 벌레 머물다간 자리 윤나는 잎철 있기나 했는지 생각의 갈래 길이 관다발 손금 위로 바스락바스락 줄글 읽는 소리 함께 지나간다 소맷자락 달라붙은 도깨비바늘 뿌리치며 넌들 왜 한 갈피 따뜻한 연분이고 싶지 않겠나

그대는 어느 손에 붙들려, 허虛! 마음가락 좇는가

허공문 虛空門

열두 육신 나들어도 한 채 마음 넘을 수 없다면

큰 대문 가운데 중문 옆으로 샛문 뒤로 후문 함부로
내는 게 아니야 아니지 암문 아문 성문 궐문 함부로 여
는 게 아무렴 아닌데, 수구문 정려문 홍살문 객사문 천
왕문 금강문 불이문 해탈문 일주문 사주문 중층문 누
문, 홍예문 널판문 골판문 석판문 철갑문 사립문 살문
앞에 가슴대문 우당탕 활짝 열어젖히고 이 내 연서戀書
는 허공문 가는 중, 뛰어들 마음문 못질한 놈께로 모르
긴 몰라도 박차고 가는 중, 가슴담장 훌떡 넘으러 큰 중
작은 중 한 번 더 가는 중

여태도 허우적 미끈미끈 허방다리 가는 중

3부

그리운 별 혹은 갈망

담색어리표범나비 1

술잔도 5도쯤에서 흔들흔들 웃고 있다

숨결 향기롭게 풀어헤친 하오

희미한 복선을 깔고 슬라이드 돌아간다

바보 같은 꽃들아 긴 모가지 거두어라

취한 듯 앉았다가 그늘 건듯 가버릴

한 떼의 금빛 무리 속 벌레처럼 누웠구나

담색어리표범나비 2

눈물의 볕살 아래 피어난 꽃들이여

적막한 도심에서 홀로 지는 꽃들이여

사赦하라
무죄의 굴레 이 철책의 방랑벽,

그리운 별 혹은 갈망

간성 어디쯤 확 쏟아지는 별들 만나고 싶어
마음속 우러러 너를 보면 너 거기 있는데
없던 강 너와 나 사이 흐린 강이 흐른다

사랑한다는 건 얼마큼의 자유를 버린다는 걸까
누구도 그렇다면 난 사랑하지 않았다
끝없이 나는 자유를 갈망해왔으므로

잠시 빌린 네 마음 이제 돌려주려 하나니
너, 있는 듯 떠나 행복해졌으면 좋겠다
아득히 먼 옛날부터 내 것 아닌 네 마음

별과 나그네

전생의 친구인 듯 옆자리 앉아도 되겠니
볕바른 모퉁이 길을 여는 산국山菊
나그네 발길 잡는 너 훤한 어른 같구나.

불혹의 강 건너는 저녁놀 긴 언덕
산마을 허릿길로 누가 멀리 지나간다
굽이쳐 흐르는 황혼 닿는 곳 어디인가.

무거운 의문사疑問詞를 바람 그냥 스쳐가고
일어서라, 일어서라 팔을 끌던 이른 별
저만치 어둠의 뒷모습 적시며 따라간다.

세월론歲月論

세월은 흐르는 게 아니라 쌓이는 것이라지

세월이 그저 물같이 흐르기만 한다면 무엇이 개구리
밥 못 떠나는 우포늪 칠흑처럼 두려우랴, 무엇이 희미
해진 연인의 눈빛같이 그리우랴 서러움이 되거나 그리
움이 되거나 바람 부는 가슴에 한 켜씩 내려앉아 혼자
아문 상처가 되고, 오오 저기 저 봄날 터지는 갈래꽃 무
늬가 되는 것을

슬픔도 아문 자리엔 손금 같은 길을 낸다

옷

다시
태어나면
나비가 되어 오리

장신구
내려놓고
누더기 벗어
개켜두고

저 나비
앉았던 자리
가만 올라앉으리

그리운 밀경密經

한 번은 가슴 복판에 이별의 피륙 펼쳐야 하리

만장輓章 들고 가는 바람 네 인사는 무엇인가 풋내 나
는 복사빛 뺨 보리수 아래 울고 있다 삼천 석 삼천 냥 어
깨 걸친 빈 바랑 어두워 어두워서 그 이마 어두워서 망
초꽃 흩어진 언덕 맨발로 내려오나

푸른 못 어린 두 눈에 어스름별 뜨는 저녁

어머니의 초상

싹 틔운 그 자리 깊은 뿌리 내려두고

숨결 누이시는 고목처럼 살아온 길

땡볕에 타들어가도 풀빛 그늘 드리웠네

세월보다 느린 강물 꽃잎 따라 흘러가고

약봉지 꼭꼭 싸둔 옛이야기 끌러보면

우포늪 개구리밥처럼 한 생애 떠오르네

바람결

눈이 오면 짐도 벗고 먼 곳으로 떠나고 싶다

낡은 집 지우고 낯익은 산과 산 길을 여는 길따라 너
홈너홈 가고 싶다 가벼운 주머니처럼 활엽수들 여윈 몸
사이사이 발자국을 남기고 검정 코트에 꽃무늬 눈송이
달고 싶다 빈 나무들 어깨 위에 새하얀 깃을 꽂고 참았
던 이야기 속살거리듯 힘없는 묵은 풀과 낙엽 아래 움
츠린 몸집 작은 벌레들과 목례하는 바위에게 손길 잠시
얹어주고 웃음소리 나직이 산길에 들고 싶다
때 묻은 동고비를 만나고 글썽한 눈빛 붉은 열매 건네
주는 비자나무 숲길에서 착한 몸짓 배우고 싶다 절집의
뜰을 돌아 결빙의 물길 돌아 차갑게 굳어지는 새벽 혈
관 굽이돌아 따스하게 흐르고 싶다 흐르고 싶다

눈발에 엉킨 바람이 풍경소리 밀고 가듯

상처

온전히
나의 뜻으로
바다는 출렁이고

바람에 실린 향기처럼
너는 떠나 버렸다

꽃처럼
떨어진 꽃처럼
빈 씨방으로
울었다

편지

쓸쓸한 저녁을 위해
기대서는
작은
창

우표 안의
작은 새도
뺨을 붉혀
우는데

바람은
귀 먼 영혼을
후려치고 갑니다

귀 먼 너에게

서러움의 뒷모습은 어떤 빛일까

고단한 속눈썹은 들꽃 만나러 간다

이름도 풍화해 버린 풀잎 같은 꽃들을

귀 먼
너에게 다시 묻지 않으리

안개 내린 11월에 온몸을 수장하고

품어도
눈 먼 사랑을 놓아 준다 놓아 준다

가을운^韻

별이거나 들꽃쯤으로 다시 올 수 있다면
그중에도 독 많은 파란 별 하얀 꽃 되어
사람의 등불도 되고 울타리도 된다면

내가 살아가는 동안 무심코 던진 화살들
먼 곳까지 찾아가 모두 거둘 수 있다면
마침내 이 땅에 돌아와 바람막이 되겠네

창窓

몇 마디 안부와 또 허전한 포옹
에어프랑스 굉음보다 더 빨리 사라졌다
당신도 만져 보았나 그 차가운 온기를

혼자 부딪는 찻잔 하나의 오후와
푸르게 찍혀오는 새벽 텃새 울음과
흰 깃에 풀 없이 누운 머리카락 몇 올과

누군가 헤쳐 놓은 한강변 불빛들
타인들 어깨 위에 웃음을 달고 있다
자폐의 하얀 커튼을
눈발처럼
내리는
창

겨울 약속

하얀 나비 한 마리 앞서 가던 무밭께
풀이란 풀에 축복 내려 주던
그 사람 따라온 바람 덧문 가만 흔드네

산비탈 낡은 집 잊은 줄 알았더니
폭설에 누워 길 잃은 줄 알았더니
검정 옷 흰 어깨 털며 환히 나를 부르네

황진이 별곡

신은 석양을 그리다 망쳐버렸다

앞뒷산 붓자락에
먹물 반쯤 잠겨 버린

이런 날
이른 별빛은
목메는 설움이다

아니 서러운 건
별도 아닌
눈물도 아닌

시드는 꽃이다
팽팽한 자존이다

처절한 이 포복에도 까딱 않는 님이다

봄비

익명의 성금이 답지하고 있구나

누웠던 정물들 춤을 추고 있구나

이 나라
목마른 영혼들 속을 풀고 있구나

먼 길

세상이 연蓮이라면 꽃만 보았을 거야
백일맞이 아기 두 볼 같이 솟아오른
더러운 물에 살아도 물 묻지 않는 꽃

콩알처럼 웅크리며 눈먼 발길을 비켜 가던
벌레는 알몸으로 긴 겨울 건너와서
따뜻이 피 돌지 않는 나의 몸 문지른다

그래, 피가 돌고 이슬 같은 눈물 고여
진흙 속 연꽃으로 피어날 수 있다면
연초록 오월의 양지 다시 펼쳐 놓으리

하늘에 닿지 못한 어린 나의 기도는
난간에 선 아기처럼 푸른 바람 불 때마다
굽이진 연잎 구른다 떨어질 듯 떨어질 듯

겨울 삽화

어떤 폭력으로 이 거리가 좁혀지겠니
꽃이란 가슴에다 달 건 못 되더라
밀월을 꿈꾸게 하던 그대들의 다짐 같은

이렇게 때를 묻히며 살아갈 수 있구나
더는 참을 수 없게 갈증이 나 왔지만
찻잔을 마저 비우고 일어서야 하겠지

멀어지는 풍경 바라보듯 멀어지는 눈빛 있다
전선에 참새 내몰며 뿌리치는 전동열차
어른이 된다는 일은 북풍보다 매섭다

어떤 이름

세계일보 지나 요철 많은 골목길
서성이는 유리집 속 분냄새가 예쁘다
그 빨간 배경에 젖어 배꽃처럼 예쁘다

더러는 들병이 시대 하루치 통증같이
하수구 와사 속에 너희 피가 섞일지라도
그것은 신神이 달아준 또 하나의 이름이다

상도2동 산번지

갓밝이 산번지 꽃치자 향기처럼

민통선 북단 마을 총총별도 데려와

가난한 도시의 창문 심지마다 내려놓고

푸른 새알 서너 개 배고픈 둥우리

알전등 환히 웃는 저녁 소반 숟가락 소리

한 토막 자반고등어 아버지를 기다렸네

봄 하루

사랑한다 말하면 떠날 것만 같아

근지럽게 충혈된 가슴 두 팔에 감아쥐고

벚꽃들 일제히 울다, 지천으로 무너지다

수수꽃다리 아래서

너의 향기로 하늘 가만 흔들린다

너의 빛깔로 아스팔트도 물든다

몸집 다 커버린 나는 무엇으로 흔들리나

하늘 땅 가득 펼쳐 든 한 그루 나무 위에서

햇살에 찡그린 누더기 내다보며

가녀린 참새 목소리 깃발처럼 펄럭이네

카루소의 아침

어젯밤 누운 대로 그대로 있고 싶다
행복 아니어도 멈추고 싶은 때가 있어
마지막 가을 아침이 안개 속에 갇혀 있다

아득한 유죄의 달력 한 장 내리며
저 사람 슬픈 노래는 노래가 아니다
지는 잎 스치며 떠난 그를 향한 절규다

어디로 돌진하든 바람은 죄가 없다
스스로 무거워진 짧은 혀와 긴 그림자
무섭다 감각 없는 질주, 자꾸 열리는 시야

두렵다 활주로에 남아 있는 오후 네 시
버려진 단어들이 자석처럼 엉겨 온다
바닥을 할퀴며 가는 금속성 느린 행적

꽃들은 도망가고 반쯤 붉은 철골 사이
기진한 환형동물 한 마리 집으로 간다
메마른 아스팔트를 맨살로 닦으며 간다

이 아침, 트럼펫 소리는

그것은 별이었다, 첫새벽 쏘아올리는 그리움이었다

돌아오라 돌아오라 우리나라 한복판에 아버지가 잃은 별 어머니가 꿈꾸던 별자리 풋내 나는 내 꿈자리까지 돌아와 돌아와선 불 꺼진 일번지 허리 휜 산번지에 키 작은 희망이거라 육십 와트 눈빛이거라 고개 한껏 젖혀들고 푸르게 푸르게 쏘아 올리는 그것은 아침마다 새로 피는 무궁화였다 아니 아니 물오른 바람소리 그 솔바람 소리였다

그것은 골골샅샅 휘젓는 풀빛 전령傳令이었다

겨울 공원에서

어젯밤 그 별들 어디 다 숨었는지

하늘 갓길 저문 황국黃菊 마른 손 비비고 있어

앙상한 노숙의 나무 흰 목덜미 시리다

광장 한 켠 비둘기 밀떡 부스러기 쪼고 있다

기름 묻은 작업복 뒷모습 함께 구겨두고

배고픈 인정이 건네는 시장기를 읽고 있다

일기 日記

라일락 꽃잎 사이 숨겨진 둥우리에

꽃향기 그를 닮은 산새알이 꿈을 꾼다

남몰래
동그란 희망 품어 안고 내려 왔다

양수리에서

강바람 가는 대로 갈잎들 몰려간다

깃털 푸드득 세웠다간 고개 첨벙 담그고

사람도 까르르 까르륵, 물 속 구경하고 싶다

걱정 없는 물새야, 밀려오는 물살 좀 보아

누운 풀잎 강둑 지나 찻물 끓는 난롯가에서

물새야, 이리 와 함께 언 맘까지 녹이자

막간

죽은 예언자의 말에 현혹되지 말라는
아나운스먼트에 사람들은 안심한다
오늘도 어린 사과나무 의심 없이 심는다

끝내 벗겨지지 않는 아픈 구두를 신고
약속이라도 한 듯 시계 보며 일어선다
구둣발 밟고 밟히며 지하철로 들어간다

영락교회 비탈에서 방언하다 쫓겨난
그때 그 떠돌이가 구멍 난 모자 쓰고
신들린 방백을 한다 등장인물 지나간다

큰 소리로 지껄이다 손가락질 마구 하다
모자를 팽개치고 주저앉아 울다 웃다
총총히 지팡이 짚고 처진 길로 사라진다

박재삼

집주인 누구인지 빈 뜰 목련 가지에
4월로 가는 햇살 맑게 걸립니다
허름한
신사복 혼자 꽃구경을 합니다

잎도 없는 나무에 꽃그늘 내리는지
젖빛 환한 이승
모자는 두고 왔습니다
어쩌다
하, 좋다 좋다 하며 꽃냄새 맡습니다

가난해서 죄 안 짓고, 노래해서 참말 하고
세상에서 제일 선한
눈빛 하나
웃다가
그렁그렁해선 온 길 도로 갑니다

4부

봄이 오면 산에 들에

낙뢰

지상에서 맺지 못한
너와 나 만나서

푸른 깃 부딪치며
서러운 밤 포효할 때

불씨들 기립한 천지
찬미하라
이 절정

섬

멍든
살을 깎아
모래를 나르는
파도

천 갈래 바닷길이여 만 갈래 하늘길이여

옷자락 다 해지도록 누가 너를 붙드는가

악!

풀잎은 풀잎끼리 오늘도 사랑한다 입술은 입술끼리 밤새워 사랑한다 또 하루 거짓말같이 해가 지고 달이 뜬다

사랑이 이나지도 슬픈 줄 몰랐노라 익숙한 체위로 밤낮없이 사랑한다 또 하루 거짓말 같은 우리 인생 흘러 간다

봄이 오면 산에 들에

단비 한번 왔는갑다 활딱 벗고 뛰쳐나온 저년들 봐,
저년들 봐 민가에 살림 차린 개나리 왕벚꽃은 사람 닮
아 왁자한데

노루귀 섬노루귀 어미 곁에 새끼노루귀, 얼레지 흰얼
레지 깽깽이풀에 복수초, 할미꽃 노랑할미꽃 가는귀먹
은 가는잎할미꽃, 우리 그이는 솔붓꽃 내 각시는 각시
붓꽃, 물렀거라 왜미나리아재비 살짝 들린 처녀치마,
하늘에도 땅채송화 구수하니 각시둥굴레, 생쥐 잡아 괭
이눈 도망쳐라 털괭이눈, 싫어도 동의나물 낯 두꺼운
윤판나물, 허허실실 미치광이 달큰해도 좀씀바귀, 모두
모아 모데미풀 한계령에 한계령풀, 기운 내게 물솜방망
이 삼태기에 삼지구엽초, 바람둥이 변산바람꽃 은밀하
니 조개나물, 봉긋한 들꽃 산꽃 두 팔 가린 저 젖망울

간지러, 봄바람 간지러 홀아비꽃대 남실댄다

김유정

산골마을 실레 봄비 오고 있나 보다
헛간 혼자 숨어 담배 피는 어린 유정
느릿한 연기 사이로 어머니 가고 있다

살내음 물씬 나는 그 여인 젖은 머리
핏빛 연서 밟고 가는 짝사랑 인력거를
숨어서 바라보았다 한 시대 우울처럼

기침 터지듯 부풀어 터지는 꽃
금병산 봄이 오면 휘장을 걷어내고
맨발로 뛰어가야지 점순이년 수탉같이

수수밭 굽이돌아 황혼 따라온다
들병이 너훌대고 수수 모가지 너훌대고
막다른 생애의 길섶 하모니카 부는 사내

새앙나무 노란 꽃이 지천으로 흔들릴 때
나그네 뒤따르며 신발 끌던 시절처럼
그 착한 조선을 두고 뜨지 못해 우나 보다

명자꽃의 말

네가 무엇이라고 억센 바람 비껴가고
백설白雪 어두운 무게 가뿐히 벗었겠느냐
이 땅에 피고 지는 넌들 왜 그 한파 모르겠느냐

춘삼월이 뭔지 몰라 세 살 같이 난 몰라

소월길 가는 길목 포장집 잔소주랑 터덜터덜 올라와
불 꺼진 빌딩 숲 오래오래 바라보는 아버지 굳은 표정
죄 없이 배고픈 갓난아기 울음소리 난 몰라요 몰라 삼
년 치 품삯 소매치기 당하고 쫓겨 가지도 못하는 외방
의 근로자 잘린 손목 난 몰라요 몰라 눈물의 대처분을
처분하지 못하고 한숨짓는 시장통 난 몰라요 몰라 새벽
시장 오뎅국물 몇 사발을 들이켜도 팔려가지 못하는 잡
역부 명치끝에 뭉클뭉클 뭉친 울음 난 몰라 몰라

그 기쁨 감추지 못해 참은 웃음 불거지네

물빛 소매 걷어붙이고 와글대는 꽃망울처럼

쇳소리 바람소리 조목조목 가르치는
새빨간 네 거짓말로 착한 눈 빛난다

한강 부근 에피그램
　―상판과 교각 사이

뺨이라도 쳤다면 욕이라도 했다면
그게 아니라고 좌표 다시 놓을 텐데

금이 간 타조알 하나
뒤꿈치를 들고 간다

조금만 더 아프다면 조금만 더 무겁다면
버릴 것 무너질 것
화르르―
날릴 텐데

사랑니 몰래 썩는 중
철근골조 삭는 중

삼천포 햇살
—박재삼을 위한 프롤로그

흰 분칠한 컬러 사진 빨간 입술 또렷하다
삼일로 기원에서 참으로 기다렸을까
차라리 빛이나 바랬으면 '추억에서' 지워지게

친필 명함 건네며 꼭 오라고 활짝 웃던 그날도 먼저
노래한다고 일어서서 손 저었지

'가다간 볼에도 대어 눈물 적'실 그런 일 그늘진 눈썹
위에 한 줄 얹지 않았으니 세상 시들하다는 눈동자에
활화산 같은 꽃송이 피울 그런 일 울먹울먹 돌아가는
뒷모습에 안기지 않았으니

'쟁쟁쟁' 삼천포 햇살, 가슴 바닥 울린다

영역 시조

translated by

David R. McCann
(Havard University)

HAWTHORN FLOWER

Such regret,
Having just, just sent you away
brings such regret.

The hawthorn flower beaming alone, its eyes
damp.

And another night, not coming back.
Having sent you away
brings such regret.

一명자꽃

BIRDWEED FLOWER

Once I really knew
how life revolved around me

knew how life turned and turned around me,

little girl in a pink ch´ima
crouching on a path by the field.

—애기메꽃

WINDS BLOW, LONGING DAY

Wrap the warm tea cup, grasp it now the rains have come.

Trembling shiver in the warm air your not being here.

Like the white plum petal falling the wind blows the day is cold.

−바람 불어 그리운 날

WANDERING

How long, the life of an ant that entered the house?

How far, the wandering of an ant that lost a let and stumbles?

Eternal interval between the glance back and the going.

ㅡ산책

시인 홍성란론

우리 시대 황진이, 그 미학적 성취

김학성

우리 시대 황진이, 그 미학적 성취

김학성(성균관대 명예교수)

1. 조선시대 최고의 절창, 황진이

황진이가 누구인가? 몰락한 가문에서 태어나, 기녀의 몸이 되어, 당대 정치세력의 중심이자 지배 계층이었던 사대부 남성들의 사회-문화적 활동을 돕기 위해 운명지어졌으며, 신분적으로 천민이었던 예속적 존재가 아니었던가? 그러나 신분은 최하층에 속했을지라도, 문화적-지적 활동에서 상층의 사대부들과 대등하게 맞상대할 수 있는 교양과 자질을 갖추는 것이 필수였기에, 그들의 풍류를 돕기 위한 가무에 뛰어났으며, 그들의 독점적 문학 장르라 할 한시를 창작하고 수창할 정도로 실력을 쌓는가 하면, 문학과 음악적 수준을 동시에 갖추어야 가능한 시조 장르의 창작과 향유에도 참여하여 타고난 재능을 펼치기도 했던 것이 또한 기녀들의 삶이 아니었던가?

그렇다 하더라도 조선왕조 5백 년을 거치며 수많은 기녀들이 명멸했지만, 이러한 신분적 특수성을 적극적으로 활용하여 당대 최고 수준의 사대부 남성층을 압도할 기량을 펼칠 수 있었던 기녀는 손에 꼽을 정도로 드물었던 것도 엄연한 사실이다. 더욱이 기녀의 신분으로 이름을 빛낸 명기 가운데서도 황진이만큼 인구人口에 회자되었던 인물이 또 어디에 있었던가. 그러기에 동시대에 함께하지 못하고 나중에 태어났던 천하의 호걸남아 임제가 먼저 간 황진이의 묘소를 찾아 읊었다는 "靑卓 우서신 골에 ᄌᆞ는다 누엇는다~"라는 시조가, 그녀의 부재不在야말로 조선시대 풍류남아들에게 얼마나 큰 상실감과 비탄의 고통을 안겨 주었던가를 단적으로 보여주고 있지 않은가. 그럼에도 그녀의 탁월함이 구체적으로 어떠했는지는 아직까지 제대로 자리매김되었다고 하기 어려운 것 또한 사실이다. 그녀의 뛰어난 자취는 몇 편 남아 있지 않은 그녀의 작품들이 생생하게 증언해 주고 있음에도.

예를 들어 우리가 익히 알고 있는 "청산리 벽계수야 수이감을 자랑마라~"라는 작품의 존재는 무엇을 의미하는가? 그저 벽계수라는 종실의 지체 높은 사나이의 가슴을 녹여 마침내 그를 유혹하는 데 성공한 기녀의 매혹적인 작품에 지나지 않는다고 지나치고 말 것인가? 결코 아니다. 거기에는 청산 속의 벽계수로 환유되는 조선시대의 수많은 남성들을 공산의 명월처럼 밝은 빛으로 비추어

주고 보듬어주는 황진이 자신의 드높은 실존적 자존감과, 녕기로서의 역할이 깊게 각인되어 있는 것이다. 그녀는 칠흑 같은 어둠의 세계에서 만물을 비추고 보듬어주는 명월과 같은 역할을 했기에 공산에 홀로 높이 떠서 밝게 빛나고 있는 명월에 견줄 수 있는 존재가 된 것이다. 그러므로 수백 년에 걸친 이 작품의 전승이야 말로 그녀가 조선시대 최고의 명기名妓였음을 증언해 주고 있지 않은가. 이 세상의 어떤 것도 공산의 명월로 환유되는 황진이의 따스한 품속에서 녹아내리지 않는 것이 없을 테니까(실제로 그녀는 명월이라는 기명妓名을 썼다). 만인의 어두운 가슴을 밝은 빛으로 보듬어주는 명월 같은 전무후무의 존재가 영원히 사라졌음을 풍류남아들이 안타까워하고 그 비탄의 정서를 노래하지 않을 수 있겠는가.

이에 조금도 뒤지지 않는 또 하나의 명편으로 "동지ㅅ들 기나긴 밤을 한 허리를 버혀내어~"라는 작품이 있음을 누구나 잘 알고 있다. 이 또한 지속될 수 없는 사랑의 안타까움이 절절이 묻어나는 기녀의 숙명적 비극성을 기발한 착상으로 노래한 것이라는 정도로 그냥 넘어갈 일이 아니다. 남녀 사이의 가식 없는 인간적 사랑을 적극적으로 노래한 이 작품은 "노래라는 것은 자기를 바로잡아 덕을 펼치는 것"으로 보거나, "성정을 순화하게 하고 민풍을 교화하는 데 있다"고 보는 사대부층의 가악관으로 볼 때는 결코 바람직한 작품이 아니었다. 그래서 포은 정몽

주나 퇴계 이황으로 대표되는 사대부층에게서 사랑하고 그리워하며 목숨을 던져 지조를 지켜야 하는 대상으로서의 '님'은 왕도정치의 정점에 있는 '임금님'이 유일했다. 즉, 연군지정으로서 님을 노래했지 연애대상으로서 님을 노래하지는 않았던 것이다.

이런 완강한 사대부 남성 중심의 시조 장르에 뛰어들어, 황진이는 남녀 사이의 뜨겁고도 지속적인 사랑의 갈구를 당당하게 노래하는 과단성을 보임으로써 애정 담론을 시조 작품으로 승화시키는 보범석 선례를 보였으며, 결국 그녀는 시조의 서정 담론 영역을 확장시키는 길을 열어놓은 선구자가 되었던 것이다. 그녀 이후 사대부 남성들도 애정담론, 나아가 성性담론에 이르기까지 시조로 노래하게 된 계기가 그 사실을 입증해 준다.

황진이 시조와 관련하여 우리의 주목을 끄는 것은 김천택이 18세기 초반(1728년)에 편찬한 바 있는 현존 최초의 가곡창 가집『청구영언』이다. 이 책을 열면 중대엽과 북전에 얹어 부르는 작품은 세부 곡목별로 단지 한 수씩만 먼저 실어 놓고, 나머지는 평시조로 된 삭대엽의 여러 악곡들과 사설시조를 따로 엮은 만횡청류의 작품들로 가득 채워져 있음을 볼 수 있다. 이는 무엇을 의미하는가? 시조 작품을 얹어 부르는 가곡창이 이 시대에 오면, 중대엽은 템포가 너무 느려 애호도가 급격히 떨어지고, 상대적으로 장단이 빨라진 삭대엽이 여러 파생곡을 낳을 정도로 인기가 급상승해 있었음을 말해주는 것이 아닌가. 그런데 삭대엽 가운데 유독 초삭대엽만은 작자 표기 없이 다음의 작품 한 수만 실어놓아 우리의 주목을 끈다.

> 어뎌 늬일이여 그릴 줄을 모로두냐
> 이시라 ᄒ더면 가랴마는 <u>제 구틱야</u>
> 보늬고 그리는 情은 나도 몰나 ᄒ노라

이게 바로 누구의 작품인가? 저 유명한 조선시대의 절창이자 명기였던 황진이의 작품이 아닌가? 이 가집에서 황진이의 작품은 이삭대엽으로 노래하는 항목에 당대의 명작으로 알려진 "청산리 벽계수야~"와 "동짓달 기나긴 밤을~"을 비롯하여 3수가 실려 있음에도 불구하고 작자 표시를 하지 않은 채로 이 작품만 따로 떼어 실은 것은 무엇을 의미하는가? 서로 다른 악곡으로 불렸다는 그 이상의 의미는 없는가? 삭대엽의 세 가지 파생곡 가운데 이삭대엽과 삼삭대엽은 다수의 작품을 실어놓아 그 선호도를 반영하고 있음에도 불구하고 초삭대엽에는 왜 이 작품 하나만 실었을까? 템포가 빠른 삭대엽에 속하므로 중대엽처럼 인기가 한물간 텍스트가 아님에도 불구하고. 그렇다면 어떤 이유일까?

그것은 초삭대엽이 삭대엽 가운데서도 복잡한 특정 음형의 선율을 순환적으로 사용하고 다른 악곡에 비해 장식적 가락이 많은 특징을 가지고 있어서 복잡하고 화려한 곡이라는 악곡적 특성에서 그 이유를 찾을 수 있을 것이다. 그만큼 음악적으로 세련된 기교를 요하는 전문화된 악곡이라는 것이다. 이런 악곡에 걸맞은 작품을 지어 널리 회자되는 걸작을 남기기란 고도의 기예와 예술적 천재성을 보인 황진이 같은 명기가 아니고선 도저히 불가능했던 때문이 아닐까? 그녀의 뛰어남은 시조의 악곡적 측면에서만이 아니라 인용한 작품의 밑줄 친 굵은 글씨에서 드러나듯이 문법적으로나 의미론적으로 볼 때 송장의 첫머리에 가야할 단어를 중장의 끝머리로 끌어올리는 재치 넘치는 말부림법을 보임으로써 작품을 한층 돋보이게 하고 있다. 그만큼 황진이는 옛시조의 걸출한 절창을 남겼던 시인이었다.

이처럼 황진이는 조선시대 사대부 남성 중심의 시조 장르에 뛰어들어 그들이 흉내 내지 못하는 삭대엽의 선구적 악곡에 해당하는 전문적 악곡인 초삭대엽(당시는 황풍악이라 칭함)을 개발하고, 나아가 사대부 남성작가들이 꺼려했던 노골적 애정 담론을 활달하고 적극적인 정감으로 노래함으로써 시적 감성의 영역까지 확장하고, "동짓달 기나긴 밤을~"에서는 표현의 참신성면에서 불모지였던 시대에 현대시에 못지않은 탁월한 성취를 이루어 냄으로써 시조문학사에 그 이름을 영원히 빛내는 존재가 될 수 있었다.

2. 황진이를 표방한 시인, 홍성란

　홍성란의 시조를 말하는 자리에서 황진이의 시조로 화
두를 삼은 것은 홍 시인의 작품을 이해하는데 황진이가
필수이기 때문이다. 홍성란에게서 황진이는 따라야 할 모
범이고 숭앙의 대상이었던 것으로 보인다. 그의 첫 시집
의 표제를 『황진이별곡』으로 잡은 것도 황진이를 표방하
는 시인의 솔직한 마음을 드러낸 것일 터이다. 황진이를
표방하되 그대로 따를 수는 없으므로 별곡으로 노래해야
했다. 전통시조로 노래했던 황진이의 시조가 고전적인 오
리지날 곡이라면 현대시조로 노래해야 하는 홍 시인은 ‘별
곡’일 수밖에 없었던 것이다. 황진이가 16세기 인물이니까
둘 사이의 상거는 무려 500년의 거리가 가로놓인 셈이다.

　그럼에도 불구하고 홍 시인은 황진이의 환생이라 할 정
도로 너무나 닮아 있다. 현대불교문학상 수상작으로 뽑힌
다음 작품을 앞에서 인용한 황진이의 “어져 늬 일이야~”
와 비교해보면 그 점이 잘 드러난다.

　후회로구나
　그냥 널 보내놓고는
　후회로구나

　명자꽃 혼자 벙글어

촉촉이 젖은 눈

다시는 오지 않을 밤
보내고는
후회로구나

― 「명자꽃」 전문

사랑하는 님을 보내놓고는 그리움으로 후회하는 마음을 절절히 노래한 단시조(평시조 한 수로 된)라는 점에서 두 작품은 내용 면으로나 형식 면에서 완전히 쏙 빼닮았다. 다만 황진이의 작품이 오리지날이라면 홍 시인의 것은 별곡이라는 점에서 차이를 보인다. 즉, 둘 다 평시조의 형식에 맞추어 동일한 주제를 노래했지만, 황진이는 초삭대엽(황풍악)이라는 음악적 어법에 맞춰 모든 시적 형식의 표현을 노래의 장단과 선율 혹은 장식적 가락에 실어 드러낸데 비해, 홍 시인은 그러한 노래가 아닌 '읽는 시'로서 고시조가 누렸던 아름다움의 무게를 지탱해야 하는 현대시의 하나로서 시조 형식을 운용해야 했으므로, 모든 것을 언어로 말하고 언어를 대상화 하며 언어기법으로 전경화(前景化)하는 시적 어법에 맞춰 노래하고 있는 것이다. 이것이 바로 옛시조와 그 별곡으로서의 현대시조의 차이인 것이다. 다시 말해 황진이의 작품이 음악적 어법에 의한 고도의 전문화된 음악미학적 산물이라면, 홍 시인의 작품은 시적어법에 의한 언어미학적 산물이라는 점에서 미학적 거리를 갖고 있는 것이다. 이러한 차이에 의해 황진이는 시조의 고전미를 드러내고 홍 시인은 현대미를 드러내게 된 것이다.

그러므로 시조를 시적 어법에 의해 현대미로 드러내는 방법은 시조 형식을 어떻게 현대적 감수성에 맞는 언어미학으로 운용하여 차원 높은 서정시(서정시가가 아닌)로 승화시키느냐에 관건이 있다 하겠다. 음악적 어법에 따른 옛시조는 서정적 미감을 노래의 장단과 선율에 실으면 되므로 일상언어 혹은 자연언어의 발화에서 그리 멀지 않게 표현하게 되지만, 시적 어법을 따라야 하는 현대시조는 서정적 미감을 오로지 언어적 발화로 드러내야 하므로 자연언어의 발화로 일관한다면 진부하거나 상투적인 표현을 벗어나지 못하게 되어 현대서정시로서의 맛을 잃게 됨은 자명하게 된다. 그러한 진부함을 벗어나 현대적 감수성에 호소력을 갖기 위해서는 자연발화를 '낯설게 하기'로 전환하는 시적 어법을 창출하는 것이 되는데 그것이 바로 행과 연의 운용을 어떻게 시인의 창조적 개성을 담보하는 표현장치로 활용하느냐로 그 역량이 드러나게 된다. 그런 점에서 「명자꽃」은 황진이의 황풍악에 맞먹는 탁월한 형식 운용의 묘를 보여준다.

우선 시의 첫 음보를 '후회로구나'로 시작하는 5음절의 파격적 운율미를 보임에서 그렇다. 잘 알다시피 시조의 각 장은 4음절량의 크기를 갖는 4개의 음보로 이루어짐으로써 4음 4보격의 등가적 반복에 의한 운율미를 구현함을 특징으로 하고 있어서, 한 음보에 실을 수 있는 음절의 수는 최대 4음절을 넘어서지 않는 것이 원칙이다. 시조에서 5음절 이상의 과음보로 파격이 가능한 지점은 시상의 완결을 위한 종장의 둘째 음보에서나 볼 수 있는 형식장치인 것이다. 그럼에도 불구하고 이 작품은 첫머리부터 그러한 정형률을 의도적으로 깨뜨려 5음절의 과음보로 실현함으로써 거기 실린 언어 그 자체의 의미, 곧 '후회'하는 마음을 전경화 시키는 효과를 주어 신선한 충격으로 다가오게 한다.

다음으로 시가 말하는 것 곧 '의미'와 말하는 방식 곧 '행과 연의 배분' 사이의 관계가 얼마나 긴밀한 유기적 긴장미를 불러일으키는가를 살펴볼 필요가 있다. 시의 형식적 패턴이 의미론적인 구조에 얼마나 밀착된 관계를 맺고 있나가 그 작품의 수준을 판가름 해낼 수 있기 때문이다. 이 작품의 연 배분을 살피면 시조의 초-중-종장에 그대로 대응하는 3연 구성이어서 상당히 안정된 질서화에 기초한 전통미학을 그대로 따르고 있다. 그러나 그 연을 구성하는 행과 음보의 배분에서는 시의 '의미생산적 율동화'를 위해 다양한 편폭을 보여주고 있다. 그 가운데서도 작품의 첫 연은 주목에 값한다.

즉, 첫 연은 중장에 해당하는 둘째 연처럼 2행으로 병치하여 대등하게 배분하지 않고 굳이 3행으로 배분하는 비안정적 시행발화를 보여준다. 그러면서도 그 첫 행과 끝 행을 완전 동일한 어휘로 반복하여 마무리함으로써 둘째 행을 가운데 두고 첫 행과 끝 행이 완전히 대등한 병치를 이루게 함으로써 그 비안정적 구조를 안정적인 연 구성으로 되돌려 놓는다. 거기에 더하여 동일한 단어("후회")를 동일한 어법("~로구나")으로 배치함으로써 그 의미의 강조 효과를 극대화하는 시적 매력을 보여주고 있다. 그 단어가 이 작품의 화두이자 주제라는 데 주목한다면 그 감탄형 종결어미가 환기하는 시적 효과는 가히 화룡점정에 해당하는 시의 '눈'이라 할 수 있다. 단순히 시상이 초점화되는 시적 공간으로서의 눈이 아니라 작품을 감동의 심연으로 한없이 이끌어가는 정신적 동력의 원천이 되는 눈인 것이다. 그런 의미에서 홍 시인의 이와 같은 시적 기법은 황진이의 황풍악을 현대시조의 정점으로 끌어올린 별곡이라 불러 마땅할 것이다.

그러면 홍 시인의 이러한 빼어난 시적 재능은 어디로부터 나오는 것일까? 이에 대한 해답은 그녀의 실존적 좌표를 꿰뚫은 다음의 작품이 명료하게 말해준다.

여기 풀밭에선 누구도 돋보이지 않아

깔아뭉갤 수 없는 애틋한 숨결이다

깨물어 죽일 수도 없는 가늘디가는

후룽초

살빛은 희디희어 구겨버릴 수 없는 시마詩魔
시마, 이 풀밭에선 아무도 돋보이지 않아

연둣빛 포승에 묶인
거만한 계집종

잘 보이지 않아도 잘 들리지 않아도
언덕엔 흙이 쌓이고 물은 고여 우물이 깊다

세상은 말없이 흐르다 검지 높이 올린다
                              ─「거만한 계집종」 전문

　이 작품은 단시조 3수를 연결하여 시인 자신의 실존적 자아를 돌아보는 정감을 긴 호흡으로 풀어낸 연시조라는 것을, 시조의 운율(4음 4보격)을 따라 그리고 3장으로 한 수를 완결한다는 시조의 형식원리를 따라 읽어보면 알 수 있다. 또한 첫째 수는 후룽초를, 둘째 수는 계집종을, 마지막 셋째 수는 그 후룽초와 계집종이 뿌리내리고 있는 세상을 노래하고 있음도 알 수 있다. 그런데 그 후룽초는 "가늘디가는" 연약한 존재인 데다가 잡초가 무성한 "풀밭"에 자리하고 있어 조금도 "돋보이지 않아" 누구의 눈에도 쉽게 띌 수 없는 하잘 것 없는 존재이지만, 그렇다고 결코 "깔아뭉갤 수 없는" 더욱이 "깨물어 죽일 수도 없는" "애틋한 숨결"을 가진 존재로 이미지화되어 있다.

그리고 그 계집종은 해당 시집에 실린 「시인의 말」곧 "면할 수 없는 '시마詩魔'의 종살이 와서, '거만한 계집종' 으로 행복하고 싶었으나 낳은 시로 하여 잠 못 이뤘다." 라는 말과 작품의 각주로 달아놓은 이규보의 「구시마문」을 참고하면 그 의미가 선명히 드러난다. 이규보는 사람을 시에 빠지게 하고 고질병이 되게 하여 마침내 죽음에 이르게 하는 시마의 죄목을 다섯 가지로 들추어 쫓아내고자 했으나 끝내는 그러지 못하고 시마를 스승으로 삼았다고 했다. 홍 시인 역시 시를 낳는 고된 노역을 "시마의 종살이"로 표현하면서 그러한 삶이 행복하길 바랐으나 낳은 시로 인해 잠 못 이루는 고통 속에 시달려야 했다고 고백한다. 하지만, 그 종살이가 행복하고 싶다는 꿈을 끝내 버리지 않는 것이기에 거만한 계집종이 될 수 있다는 믿음 또한 확고히 가지고 있어 시마의 종살이가 스스로 즐겨 선택한 축복임을 내비치고 있다.

다시 말하면 시인이기에 시를 낳는 고통의 종살이를 평생 면할 수는 없는 것이지만, 낳은 시로 하여 거만한 계집종의 지위에 오를 수도 있고 마침내는 행복할 수도 있다는 희망이 시마를 시신詩神으로 모실 수 있게 한다는 것이다. 더욱이 시인이 시마의 종살이 끝에 낳은 시의 형상은 "살빛은 희디희어" 함부로 "구겨버릴 수 없는" 고귀한 품격을 가진 것으로 자부하기에 족한 것이지만, 그것이 풀밭에 둘러싸인 후롱초처럼 조금도 돋보이지 않아 더욱 애틋한 존재가 되고, 그러한 숙명을 안고 태어나야 하는 시임을 알면서도 그러한 고통의 노역으로부터 벗어나지 못하는 시인 자신을 '풀밭에 둘러싸인 후롱초'와 동일시하여 "연둣빛 포승에 묶인 거만한 계집종"이라 했다.

그런데 후롱초와 계집종이 살아가는 그 세상은 '후롱초'가 예쁘게 피워 올린 꽃이 "잘 보이지 않아도" 시마의 '계집종'이 산고 끝에 낳은 시의 목소리가 "잘 들리지 않아도" 조금도 아랑곳하지 않고 "말없이 흐르다 검지 높이 올리"는 비정한 비밀의 세계여서, 언덕은 산이 되고 물은 고여 깊은 우물로 남게 되어 마침내 후롱초와 계집종은 설자리를 잃어버리게 되는 그런 곳이라 했다. 그럼에도 가늘디가는 후롱초는 겨울을 떨치고 꽃을 피워내어 '봄맞이꽃'이라는 별명을 얻게 되고, 시인은 포승에 묶인 종살이를 견디며 고귀한 품격의 시를 낳아 거만한 계집종이란 별명을 얻고자 한다. 여기서 홍 시인은 그냥 계집종이 아니라 '포승에 묶인 거만한 계집종'이라 스스로를 견주었음에 특히 주목하자. 황진이가 조선사회의 신분제에 예속되어 종의 신분으로 살아가야 했으면서도 탁월한 기량으로 스스로 공산에 높이 떠 만인을 비추고 보듬는 명월의 존재가 되었듯이, 그를 표방하는 홍 시인은 시마의 종살이에 스스로를 예속시켜 품격 높은 시를 낳음으로써 거만한 계집종으로 살아가는 자부심을 갖는 것이다.

그러나 홍 시인의 자부심은 만인의 질시를 받아 마땅한 눈꼴사나운 자부심이 결코 아님을 유념할 필요가 있다. 시인이 살아가는 그 비정한 세상이 너무도 차갑기에 늘 따뜻한 온기를 찾으려 하고, 따사로운 햇살을 그리워하며, 하찮아 보이는 풀과 꽃들에서 위대한 아름다움을 발견해내는 창조적인 눈높이가 그녀의 작품 곳곳에 가장 친근한 소재로 혹은 주제로 녹아 있기에 황진이 같은 거만한 계집종이 될 수 있는 것이다. 마치 황진이가 신분은 종이었으나 박연폭포와 서경덕과 더불어 송도삼절이라는 일컬어지는 거만한 존재가 되었던 것처럼.

3. 홍성란의 놀라운 시적 성취

잘 알다시피 시조는 중국의 절구와 일본의 하이쿠, 서구의 소네트와 견줄 수 있는 한국의 대표적 정형시이면서 한국의 전통장르 가운데서도 가장 정제된 정형시이기도 하다. 뿐 아니라 한국문학사에 부침한 다양한 장르 가운데 현재까지 살아있는 유일한 장르이다. 시조가 이러한 문학사적 위상을 차지하기까지에는 초창기 근대문학을 이끌어갔던 육당 최남선 같은 국민문학파 시인들의 공헌을 놓칠 수 없다. 시조야말로 '조선심'을 '조선 음률'에 담은 '한국문학의 정수'로 지목하고 그 부흥운동을 적극적으로 폈던 결과라 할 수 있기 때문이다.

그러나 초창기 근대시조를 이끌어갔던 선구자(최남선, 정인보, 이병기 같은 분)들은 읽는 시로서의 근대적 서정성보다 조선심을 조선 운율에 담는다는 사명감이 더 두드러지는 경향성을 보였던 탓으로 옛시조적인 미학에서 크게 벗어나지 못했던 것도 사실이다. 그들의 활동을 국수주의적인 것으로 보거나 케케묵은 낡은 양식을 고수하려는 보수주의자의 그것으로 폄하하는 빌미가 거기서 비롯된 것이다. 그럼에도 그들의 시조 사랑은 부르기 중심의 '노래'를 읽기 중심의 '시'로 승화시키는 터전을 닦았다는 문학사적 공적으로 자리매김될 것이다. 우리는 그들의 시조 활동을 일컬어 옛시조의 미학을 한 단계 발전시킨 '고전형'이라 부를 수 있을 것이다.

오늘날 시조는 이러한 '고전형'의 터전 위에서 어떻게 하면 현대적 미감을 살려 현대시의 한 종류로서 자유시와 경쟁 장르의 지위를 굳히는 현대시조로 양식화하느냐에 관건이 달렸다 할 것이다. 그렇다면 시인의 감수성이 얼마나 현대적인가도 중요하겠지만 그보다 시인의 창조적 개성이 시조 양식을 통해 얼마나 신선하게 드러나느냐가 포인트가 될 것이다. 창조적 개성이야말로 현대성을 담보

해주는 요체가 되기 때문이다. 그러면 시인의 창조적 개성은 시조 양식에서 어떻게 발현되는 것일까? 서정시의 근본원리가 시행발화의 운용에 있으므로 노래양식에서 발원發源한 전통시조의 형식원리를 어떻게 '읽는 시'로서 재조직하여 오늘의 미감에 맞는 양식으로 되살리는가에 그 해답이 있을 것이다.

현대시조가 오늘날에도 마력을 갖기 위해서는 그 구체적인 방법으로 두 가지를 생각할 수 있을 것이다. 하나는 비통사적 의미구조를 통사적으로 읽어줄 것을 강제함으로써 그러한 구조를 넘어서는 새로운 의미생산에 이르도록 유도하여 의미론적 질서에 신선한 충격을 주는 것이고, 다른 하나는 언어의 비의미론적 성질―소리, 운율, 단어의 반복, 행과 연의 참신한 배분 등―을 활용하여 시행발화로서의 창조적 개성을 드러내는 것이다.

홍성란 시인은 이러한 두 가지 방법을 모두 사용하는 것으로 보이는데 전자의 예를 다음 작품에서 확인해 보자.

따끈한 찻잔 감싸쥐고 지금은 비가 와서

부르르 온기에 떨며 그대 여기 없으니

백매화 저 꽃잎 지듯 바람 불고 날이 차다
―「바람 불어 그리운 날」 전문

중앙시조대상 수상작인 이 작품은 근대시조를 이끌어 간 선구자들의 작품처럼 초·중·종장의 3장구조를 온전하게 살려 3행의 시행발화 구조로 정직하게 일치시키고, 운율구조면에서도 초장과 중장을 (비록 초장의 첫 음보와 중장의 둘째 음보에서 음절수의 파격을 보이긴 하나) 4음 4보격의 등가적 반복구조로 하고 종장을 변형 4보격(종장의 첫 음보를 3음절로 고정시키고, 둘째 음보를 5음절 이상으로 하는)으로 하는 시조의 율격규칙도 그대로 준수함으로써 겉으로는 고전형을 충실하게 답습한 것으로 보인다.

그럼에도 이 작품에서는 고전형의 낡은 태를 전혀 느낄 수 없고 오히려 읽는 시로서의 참신한 개성을 흠뻑 맛볼 수 있는 까닭은 시행의 내부발화를 자연발화에 의존하는 통사적 서술문법을 온전하게 지키지 않고 의도적으로 서술을 차단함으로써 참신한 시적 긴장을 불러일으키고 새로운 의미생산으로 나아가는 시적 마력을 보여준다는 데에 그 비밀이 있다. 옛시조나 고전형의 근대시조는 시행의 내부 발화가 통사적 서술문법을 비교적 온전하게 지키는 것을 미덕으로 삼는 데 비해 이 작품은 마치 자유시의 시행발화처럼 시행단위 내에서 자연발화를 어긋나게 하여 '낯설게 하기'에 의한 의미론적 충격을 보인다는 것이다.

이를 확인해보면 초장에서 앞구를 "따끈한 찻잔 감싸쥐고"라고 발화한 다음, 이어 그에 호응하는 뒷구를 "지금은 비가 와서"로 받아 이 둘 사이가 자연발화에서는 도저히 계기적 진술이 이루어질 수 없는 사실을 통사적으로는 계기적 관계인 듯이 발화함으로써 서술상의 오류를 의도적으로 범하고 있다. 이러한 의도적 오류는 앞구와 뒷구 사이의 서술 차단(통사 의미구조의 차단)에 의한 압축적이고 비약적인 의미생산이 가능하도록 할 뿐 아니라 신선한 서정적 긴장을 불러일으키는 효과를 가져온다. 그에 더하여 그러한 진술 특징을 그대로 중장에서도 반복하여 보여주고 있으니, "부르르 온기에 떨며"라는 앞구와 "그대 여기 없으니"라는 뒷구가 자연발화에 의한 호응관계로 도저히 맺어질 수 없는 '낯설게 하기'의 관계라는 점에서 앞구와 뒷구 사이의 서술 의미의 차단에 의한 신선한 충격을 다시 맛보게 하는 것이다.

이처럼 비통사적 의미구조를 의도적으로 보임으로써 시인은 진술하고자 하는 많은 사실과 정감들을 서술 억제를 통해 집약적으로 보여줄 수 있는 시조 형식 운용이 가능하게 된다. 그리하여 마지막으로 화자가 처한 현실을 종장에 배치하여 "백매화 저 꽃잎 지듯 바람 불고 날이 차다"는 냉혹함의 극치를 보임으로써, 작품의 의미를 거꾸로 되돌아보게 하는 계기를 만들어 주는 서술 방법을 택한다. 즉, "그대"마저 "여기 없으니" 심리적으로 화자가 느끼는 냉기는 더욱 가중되고, "지금은 비"마저 "와서" 그대의 온기가 더욱 그리워지는 상황에 있음이 호소력을 갖게 된다. 그리고 그대의 부재로 인해 지금 할 수 있는 일이라곤 "따끈한 찻잔"을 "감싸 쥐고" 그 '찻잔의 온기'에서 그리운 '님의 온기'를 "부르르 떨며" 느낌으로 확인하는 안타까움이 절절한 호소로 다가오게 한다. 이렇게 비통사적인 진술의 연계로 인하여 의미론적으로는 종장에서부터 초장과 중장을 거꾸로 혹은 전숲방위적으로 투시하고서야 긴밀한 관계임이 비로소 온전하게 드러나는 진술기법상의 창조적 개성을 보인 작품이라는 점에서 그 놀라운 시적 성취를 확인케 하는 것이다.

그러나 홍 시인은 단시조에서 이처럼 고전형을 따르면서 의도적 오류를 범해 창조적 개성을 보이는 첫 번째 방법보다 두 번째 방법을 압도적으로 선호한다. 그 세부적인 방법 가운데서도 서정시의 본질이 시행발화에 있으므로 행과 연에 의한 시행 배분을 시조의 리듬을 따르지 않고 새로운 질서로 재편하여 창조적 개성이 드러나는 표현 장치로 활용하는 것이 가장 두드러진다. 이러한 방법은 현대시조를 창작하는 오늘의 시인들에게 널리 보편화된 것이다. 그러나 문제는 그러한 시행발화가 언어를 전경화前景化시켜 강조와 강조점을 변경시키고, 문자적 의미를 비유적 의미로 이동하며, 기의記意(시니피에)를 흡수하여 기표記標(시니피앙)의 구조로 재구성하는 기법이 얼마나 탁월한가에 달려 있는 것이다. 이에 대한 홍 시인의 시적 성취는 특히 앞서 다룬 바 있는 「명자꽃」의 시행발화를 행과 연의 배분과 시적 의미의 관계 차원에서 검토해보면 명확히 드러나는데 자세한 분석은 다른 기회로 미룬다.

다음으로 홍 시인의 연시조를 검토해 보자. 잘 알다시피 시조의 본령은 평시조 한 수로 시상을 완결하는 단시조에 있다. 오늘날 현존하는 고시조의 절대다수가 단시조로 되어 있음이 그것을 말해준다. 3장의 절제된 틀에 담아 순간의 솔직한 감정을 집약하여 완결하는 서술 억제에 시조다움의 특징이 드러나는 까닭이다. 그러나 평시조 한 수로서는 감당하기 어려운 긴 호흡의 정감이나 여러 복합적인 시상을 드러내고자 할 때는 단시조를 연聯의 단위로 삼아 몇 수를 잇달아 엮어나가는 연시조로 표출해낸다.

문제는 연시조가 단시조의 연속 형식이어서 각각의 연이 단시조로서의 '완결의 형식'을 그대로 갖추고 있기 때문에 연이 이어지더라도 연 간의 긴밀한 짜임새를 유기적으로 갖추지 못할 때는 그 경계를 넘어 의미 생산적 율동화로 나아가지 못하고 연 별로 의미가 해체되어 맥이 끊어지는 졸렬한 작품이 되기 십상이라는 것이다. 여기서 연시조의 단위가 되는 연의 개념('연시조聯時調'라는 시조의 하위 장르 명칭에서 사용하는 '연'의 개념)과, 서정시 작품에서 서술 억제를 위해 시행발화로 이루어지는 발화 단위로서의 '연'의 개념은 서로 다른 개념이므로 전자를 '장르 연'으로, 후자를 '작품 연'으로 지칭하여 구분할 필요가 있다. 이 개념을 적용하면 앞서 다룬 바 있는 「거만

한 계집종」은 장르 연으로 볼 때는 3연으로 된 연시조이
지만 작품 연으로 볼 때는 7연으로 재편된 연시조이다.

이에 연시조의 시적 성취 여부는 장르 연을 어떻게 작
품 연으로 재편하여 운용하느냐에 달려 있게 된다. 그런
데 연시조를 장르 선택할 경우는 단시조로 감당할 수 없
는 긴 호흡의 정감을 표출하거나, 사실이나 세계에 대한
인식의 깊이나 여러 복합적인 시상을 펼쳐보이고자 할 경
우이므로 작품 연을 장르 연과 일치시키는 짜임이 무난하
다 할 수 있다. 장르 연을 작품 연과 동떨어지게 자유분방
한 양상으로 재편한다면 연시조가 생명으로 하는 연 단위
의 내부질서가 갖는 정제성이 지나치게 흐트려져 연과 연
이 쌓이면서 이루어 내는 의미의 확장과 심화를 가져오기
가 어렵게 되고 오히려 혼란에 빠지게 되므로 연시조의
맛을 대부분 잃게 된다. 그런 연유로 옛시조는 말할 것도
없고 고전형의 연시조들은 예외 없이 작품 연을 장르 연
에 따라 배열하는 방법을 취해왔던 것이다.

홍 시인 역시 대부분의 연시조를 고전형으로 작품화하
고 있어 연시조의 장르적 특성을 간파하고 있는 것으로
이해된다. 그러나 세상을 보다 깊고 넓게 인식하거나 여
러 복합적인 시상을 펼쳐 보이는 데는 고전형을 따르는
것이 순리이겠지만, 긴 호흡의 정감을 표출하는 데는 그
감정의 기복에 따라 장르 연을 작품 연으로 재편함으로써
시행발화로서의 서정성을 한층 고양시킬 수가 있게 된다.

이 경우 행과 연의 배분과 질서화를 어떻게 의미생산적 율동화로 성공적으로 이끌어 나가느냐에 따라 작품의 시적 성취 여부가 판가름 날 것이다.

홍 시인의 「거만한 계집종」은 이러한 방법을 전형적으로 보여주는 작품이다. 이미 언급한 대로 이 작품은 첫째 수에서 후룡초를, 둘째 수에서 계집종을, 셋째 수에서 세상을 노래한, 3수의 단시조가 결합된 연시조다. 연의 질서화는 3연의 장르 연을 그대로 따르지 않고 7연의 작품 연으로 재편하는 새로운 조직을 보이고 있다. 그만큼 후룡초와 계집종, 그리고 그들이 살아가는 세상으로 이어지는 회포와 정감이 단시조 한 수로 감당하기에는 벅찬 것이라 하겠다. 그런데 그 새로운 조직화의 방법이 실로 자유분방해서 연시조의 시적 짜임이라 하기에는 '낯설게 하기'의 극치를 보여준다. 우선 작품 연을 구성하는 크기가 작게는 하나의 음보로 채워지는가 하면 크게는 두 개의 장을 합쳐서 이루어지며, 그 중간에 때로는 두 개의 구로, 때로는 한 개의 장으로 하나의 작품 연을 이루기도 한다. 이러한 다양한 짜임을 시도하는 목적은 작품의 서정성을 고양하여 시의 미학적 즐거움을 주는 데 있을 것이다. 그 즐거움은 말해진 것(단어들)과 말해지는 방식(단어들의 조합)의 관계가 얼마나 의미의 강조를 동반하면서 신선한 충격으로 다가오는가에 달렸다 할 것이다.

그런 점에서 작품 전체에서 단연 눈에 띄는 충격으로

다가오는 것은 첫째 수의 마지막 단어인 "후롱초"다. 하나의 단어가 하나의 연을 감당하는 무게로 작품에 자리하고 있지 않은가. 시인이 이 단어에 특히 무게 중심을 두어 전경화하는 이유는 그것이 이 작품의 전체 시상을 전개해 나가는 핵심 모티프가 되기 때문일 것이다. 그 후롱초가 다음 연에서 '계집종'을 노래하는 동력이 되게 했으며, 마지막 연에서 비정한 '세상'과 맞서 마침내 "검지 높이 올리"는 거만한 자긍심을 갖는 존재(비록 '엄지'가 아닌 '검지'를 올린다는 시인의 겸허함이 내재되어 있긴 하나 그것을 '높이' 올린다는 시인의 의지와 자긍심은 대단하다)가 될 수 있게 하기 때문이다. 이처럼 이 작품은 장르 연의 경계를 넘어 연과 연 사이를 관통하는 지속적인 의미 생산이 내밀하게 이루어지도록 배치하고 있어 굳이 장르 연의 경계 표지가 표면적으로 드러나야 할 이유가 없었던 것이고, 연과 연 사이의 의미론적 관계가 유기체적 긴밀성으로 밀착되어 있어 작품 전체가 긴밀한 짜임을 갖도록 배려함으로써 단형의 연시조로서 창조적 개성을 보이는 데 성공한 작품이라 하겠다.

끝으로 홍 시인의 사설시조를 검토해 보기로 하자. 잘 알다시피 시조는 4음 4보격의 3장 형태로 완결되는 정교하면서도 짧은 양식이어서 때로는 그 아정雅正한 격조에서 오는 규범적 미학을 벗어나는 파격의 미학을 즐기고자 할 경우가 생겨나기도 하고, 때로는 엄정하고 절제된 정감의 구속에서 벗어나 세계상에 대한 감정 확장을 맘껏 펼치고자 하는 욕구를 갖게 마련이다. 시조는 한시와 달리 그 향유와 창작의 메커니즘이 대부분 사대부의 풍류가 이루어지는 연회석에서 즉흥적으로 이루어지기 때문이다. 사설시조는 바로 이러한 두 가지 욕구를 충족하고자 설비된 시조의 하위 장르로서, 그 진술 방식은 평시조의 기본 구조를 그대로 준수하면서 그 구조 안에서 '말 엮음'의 확장을 통해 그러한 심미적 즐거움을 누리게 된다.

홍 시인의 사설시조 역시 이 두 가지 지향을 함께 보여 주고 있어 전통을 충실히 계승하고 있음이 확인된다. 그 가운데 전자의 대표적 예를 들어보자. 이는 평시조의 진지함과 아정함을 깨뜨려 허튼소리로 희화화하고, 말 엮음의 재미를 한껏 추구하여 대상 세계의 벗겨진 모습을 가차 없이 드러냄으로써 진지한 주제에서 벗어나는 '일탈의 미학'이 시적 호소력을 획득하는 중심이 된다. 홍 시인의 다음 작품은 그러한 미학을 신명나게 보여준다.

일신一身이 사자ᄒ니 물것 계워 못 살니로다

가랑니 같은 면허세 등록세 수퉁니 같은 취득세 교통세, 티코에도 자동차세 갓 깬 이같은 주민세 재산세, 잔벼룩 굵은 벼룩 양도세 증여세 상속세 끊지 못해 담배소비세 유리지갑에 갑근세, 쥐 씨알만 한 원고료에 에누리 없는 소

득세 빈대 붙듯 달라붙는 인지세 부가세 특소세 투성이 투
성이 세금투성이로다-, 각다귀 사마귀 등 에아비 철썩 붙
은 전화세 주세 뭔 거래세? 흰 바퀴 누런 바퀴 바구미 거머
리 살찐 모기 야윈 모기 모질도다, 모질도다 밤낮으로 빈
틈 없이 물거니 쏘거니 빨거니 뜯거니, "이내 몸은 깽비리
사자 하니 어려워라" 관세 탈세 면세 과세, 허세 실세 내세
마세 노세 먹세 속세 만세!

그 중에 차마 못 견딜 건 물고 뛴 놈, 나밖에 모른다던 놈
간 벼룩 님 벼룩 아니신가
―「조세잡가」 전문

이 작품의 특색은 순수한 창작이 아니라 경화사족층에
해당하는 이정보의 사설시조「一身이 사자하니~」를 패러
디했다는 점이다. 그런데 이정보가 사람을 괴롭히는 여러
물것들을 재미나게 나열한 끝에 마지막 종장에서 자신의
신분인 사대부계층답게 독서할 때 귀찮게 달려드는 '쉬파
리'가 가장 못 견딜 존재라고 결론지음에 비해, 홍 시인은
현대인들을 괴롭히는 온갖 '세금'들을 물것을 앞세워 동
열로 나열한 끝에 마지막 종장에서 현대의 여성시인답게
자신을 "물고 뛴" "나밖에 모른다던" "님 벼룩"을 지목
하여 가장 못 견딜 존재라 결론짓고 있어 흥미로운 대조
를 보인다.

이정보의 이 사설시조는 흔히 가렴주구의 고통을 온갖 '물것'으로 풍자한 작품으로 오해되고 있는데 그렇지 않다. 옛 사설시조는 강자의 입장에서 약자를 연민의 눈길로 바라보는 따스한 웃음을 유발하는 해학이 중심이 되고 있으며, 이정보 역시 사대부라는 강자의 입장에서 하찮은 온갖 물것들을 연민의 눈길로 바라보며 해학적으로 여유를 가지고 허튼소리로 향유했던 것이다. 이정보가 2음보로 연속되는 경쾌하고 발랄한 민요적 율동감으로 중장에서 파격의 미학을 담지할 수 있었던 것은 그의 풍류공간이었던 학탄(학여울) 인근에 송파나루가 위치해 있었고, 거기에는 송파산대놀이를 비롯한 민속놀이와 시정의 유흥문화가 상당히 발달되어 그것이 문화적 배경으로 작용하고, 그러한 환경을 적극적으로 가곡의 변주곡으로 수용한 결과로 여겨진다.

사회적 강자였던 이정보와 달리 「조세잡가」를 노래한 홍 시인은 현대를 살아가는 소시민이라는 점에서, 절대 강자로 군림하는 정치권력의 비리와 모순 혹은 현대 사회의 어두운 면이나 폐악이 주된 관심사가 됨은 자연스러운 것이다. 그리하여 그러한 세계상을 적나라하게 폭로하고 시니컬하게 풍자함으로써 그 권위를 추락시키고 해체하는 비판정신이 그 중심축이 됨은 사회적 약자로서 당연한 것이었다. 따라서 옛 사설시조의 여유로운 해학미를 그대로 따르지 않고 현대적 감각으로 패러디함으로써 날카로

운 현실비판적 풍자미로 미학적 전환을 꾀한 것은 홍 시
인의 현대사설시조에서 맛볼 수 있는 또 하나의 시적 성
취라 아니할 수 없다. 패러디가 지향하는 기본정신이 단
순히 원전(原典)을 모방적으로 재현하는 것이 아니라 날
카로운 풍자를 담은 원전의 재문맥화에 있지 않은가. 「조
세잡가」가 허튼소리에 기반을 두는 '말 엮음'의 재미를
넘어서 현대사회의 부정적 세계상을 여지없이 고발하고
폭로하는 '뼈 있는 말'(이정보는 해학에 기초하므로 연민
에 의한 '허튼소리'가 중심이 됨과 대조)로 일관됨은 이러
한 풍자 정신의 텍스트화에 그 비밀이 담겼다 할 것이다.
　홍 시인의 사설시조 가운데 또 하나의 지향을 보이는
대표적 예로는 다음 작품을 들 수 있다.

　　너를 사랑하고
　　사랑하는 법을 배웠다

　　차마, 사랑은 여윈 네 얼굴 바라보다 일어서는 것, 묻고
싶은 맘 접어두는 것, 말 못하고 돌아서는 것
　　하필, 동짓밤 빈 가지 사이 어둠별에서, 손톱달에서 가
슴 저리게 너를 보는 것
　　문득, 삿갓등 아래 함박눈 오는 밤 창문 활짝 열고 서서
그립다 네가 그립다 눈에게만 고하는 것
　　끝내, 사랑한다는 말 따윈 끝끝내 참아내는 것

숫눈길,

따뜻한 슬픔이

딛고 오던

그 저녁

─「따뜻한 슬픔」 전문

이 작품의 화자는 엄청난 사랑의 가슴앓이를 하고 있다. 화자에 대한 님의 사랑이 "동짓밤" "어둠별" "손톱달" "삿갓등" "함박눈" 같은 차갑고 어두운 이미지의 연속으로 형상화되듯이 이미 싸늘하게 식어 있어 조금만 거슬려도 사랑을 지속하기 어려운 상황에 놓여 있기 때문이다. 그럼에도 화자는 그 사랑이 파국으로 치닫지 않도록 하고자 님을 사랑하면서 터득하게 된 여러 가지 지혜로운 방법으로 사랑의 지속을 꿈꾸고 있지 않은가. 이처럼 가슴앓이를 하면서도 님을 향한 사랑의 끈을 끝내 놓지 못하는 것은 오로지 님과 함께 할 때만 느낄 수 있는 사랑의 온기를 잊지 못해서 일 것이다. 그래서 사랑은 모질기만 한 비정한 슬픔이 아니라 "따뜻한 슬픔"이라고 화자는 단언한다.

여기서 주목되는 것은 중장의 사설 확장이 갖는 의미이다. 평시조 같으면 그러한 정서를 단 한 번으로 집약하여 절제된 감정으로 노래했을 터인데, 그런 절제를 보이기엔 님을 향한 화자의 아픔이 너무나 커서 여러 차례에 걸쳐 '사랑하는 방법'을 열거하는 사설 엮음으로 보여주고 있는 것이다. 님을 사랑하는 방법이 한 가지로는 통할 수 없는 것은 그만큼 그 사랑이 간절하고도 진실한 것이라는 반증일 것이다. 그렇다면 그러한 사랑의 진정성을 해학이나 풍자로 전복시켜 엮어 낼 수는 없지 않은가. 그런 일탈의 미학을 추구하는 대신 이미 자신에게서 너무나 멀어진 님과의 사랑을 어떠한 방법으로라도 지속코자 하는 화자의 안간힘의 정서가 감정 확장을 통해 표현하는 열거의 수사법을 택하고 있다. 중장에 네 번에 걸쳐 부사어(이탤릭체로 표기)를 앞세워 열거한, 님을 "사랑하는 법", 그것이 차례로 거듭되면 될수록 그 슬픔의 정감은 깊어지고 그 사랑의 진정성과 따스함은 독자의 가슴을 울리기에 충분하기 때문이다.

이처럼 사설시조는 평시조의 협소성으로는 감당하기 어려운 감정영역을 열거나 반복의 수사법으로 확장하여 풀어내는 또 하나의 방법이 되고 있으며 홍 시인은 그런 사설시조의 특성을 활용하여 만인의 가슴을 울리는 법을 현대적 감각으로 보여 주고 있는 것이다.

결론적으로 홍성란 시인은 황진이를 표방함으로써 단시조와 연시조, 사설시조에 이르기까지 놀라운 시적 성취를 이루었으며, 시조를 우리 시대의 아름다운 서정시로 한층 고양시킨 보기 드문 시인이라 하겠다.